목차 contents

honzuki no gekokujon
shisho ni narutameniha
shudan wo erandeiraremasen

『제3부 영주의 양녀II』 권두 컬러

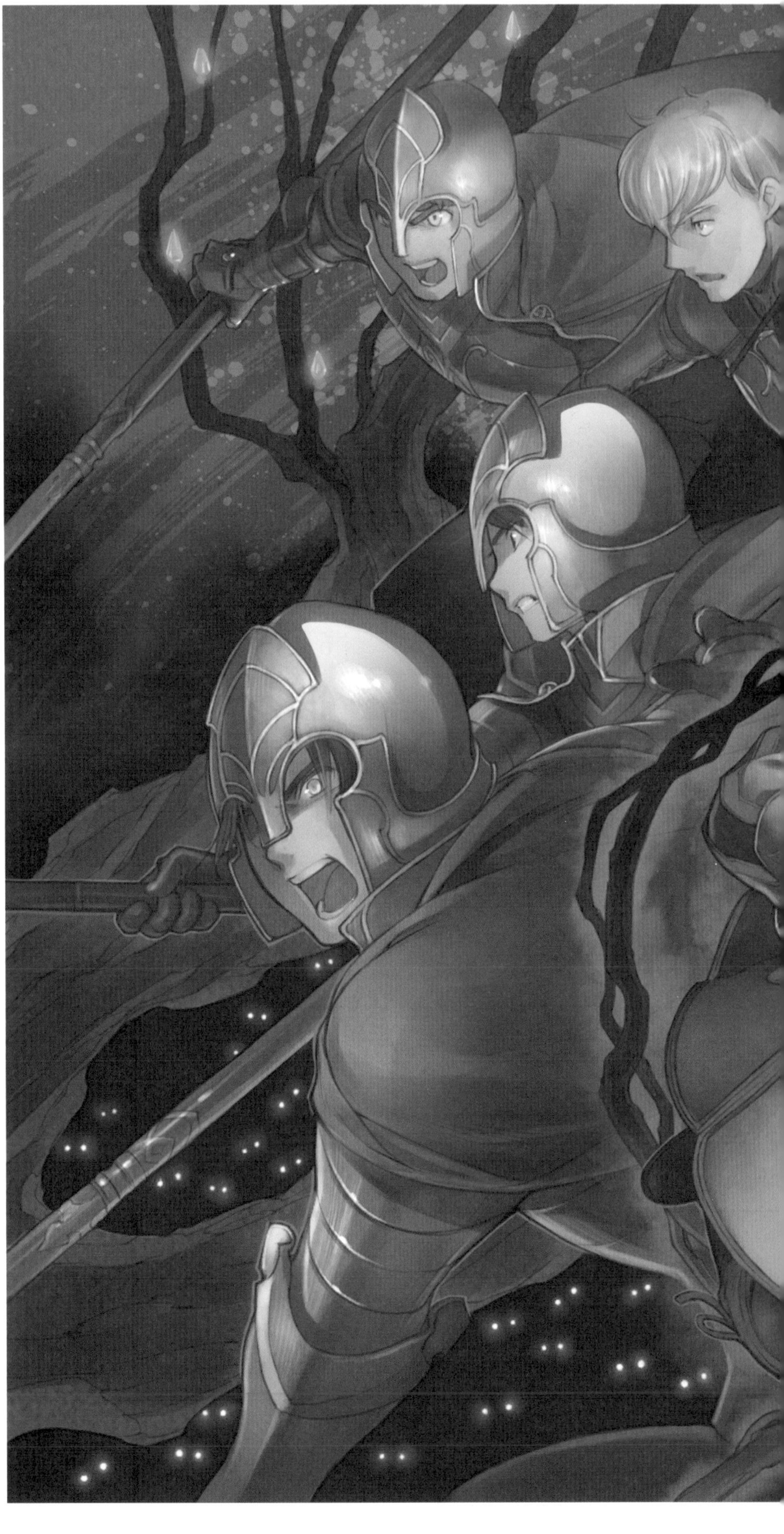

『제3부 영주의 양녀III』 권두 컬러

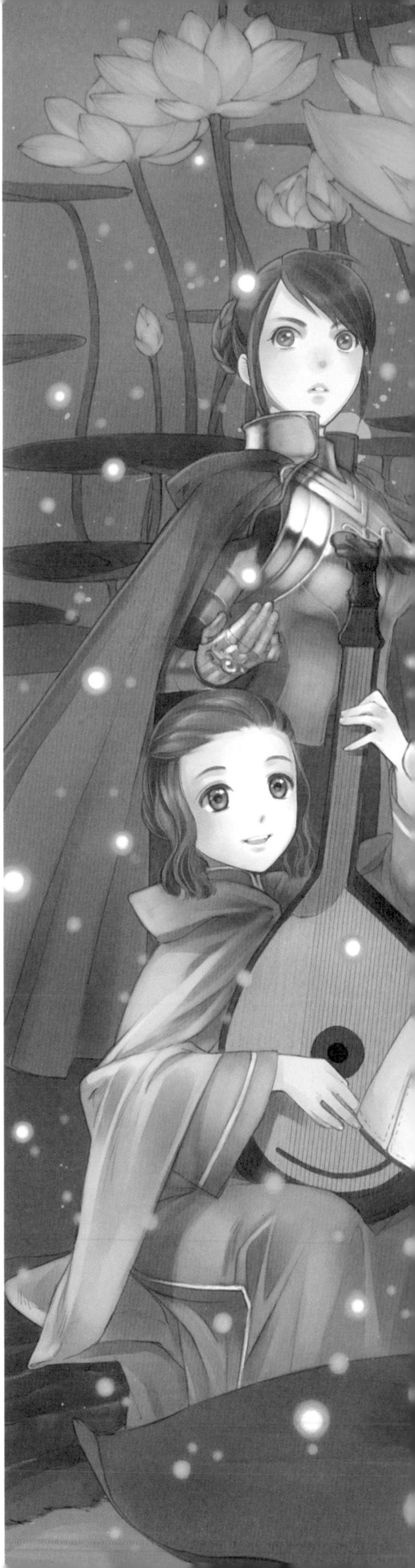

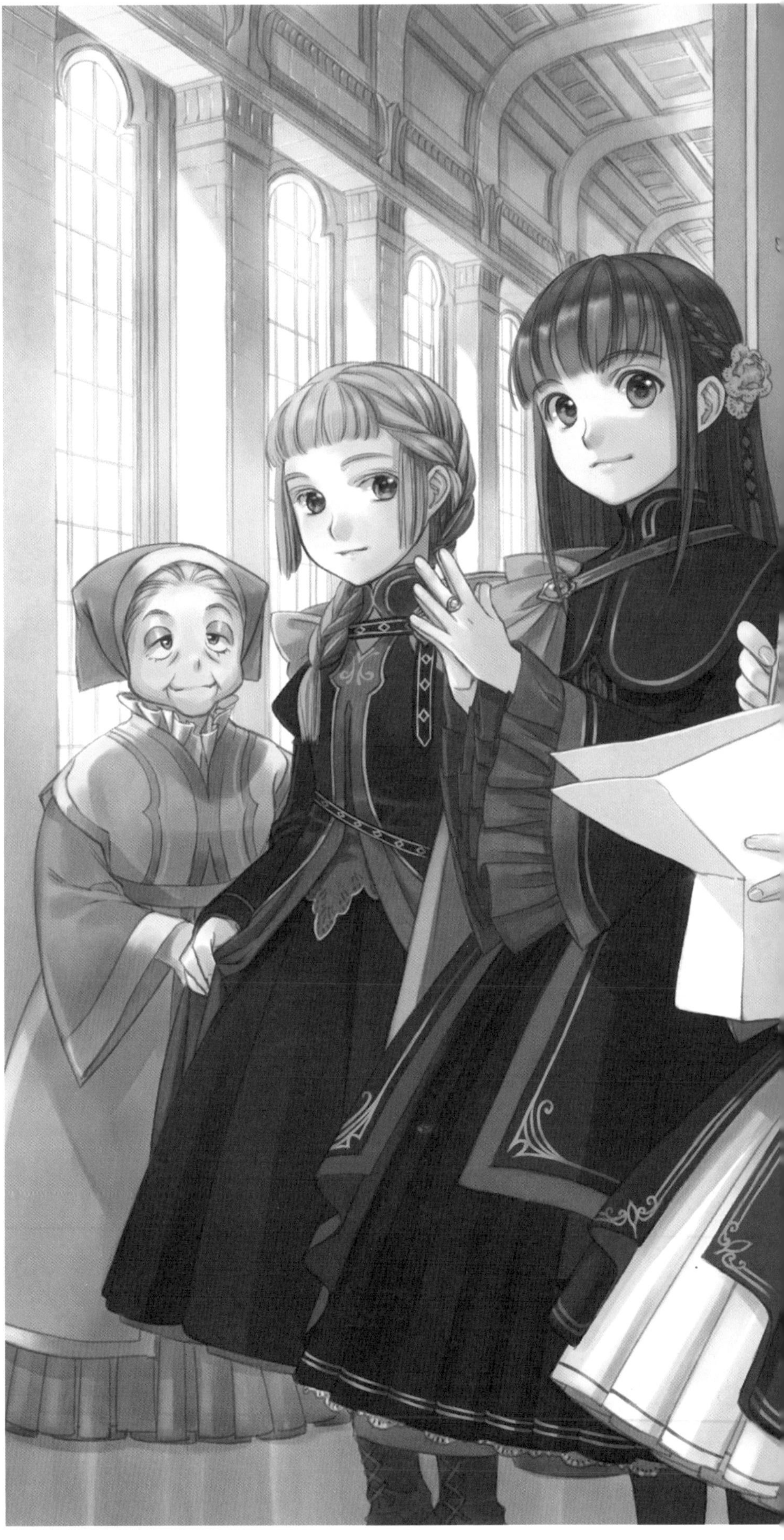

『제4부 귀족원의 자칭 도서위원Ⅰ』 권두 컬러

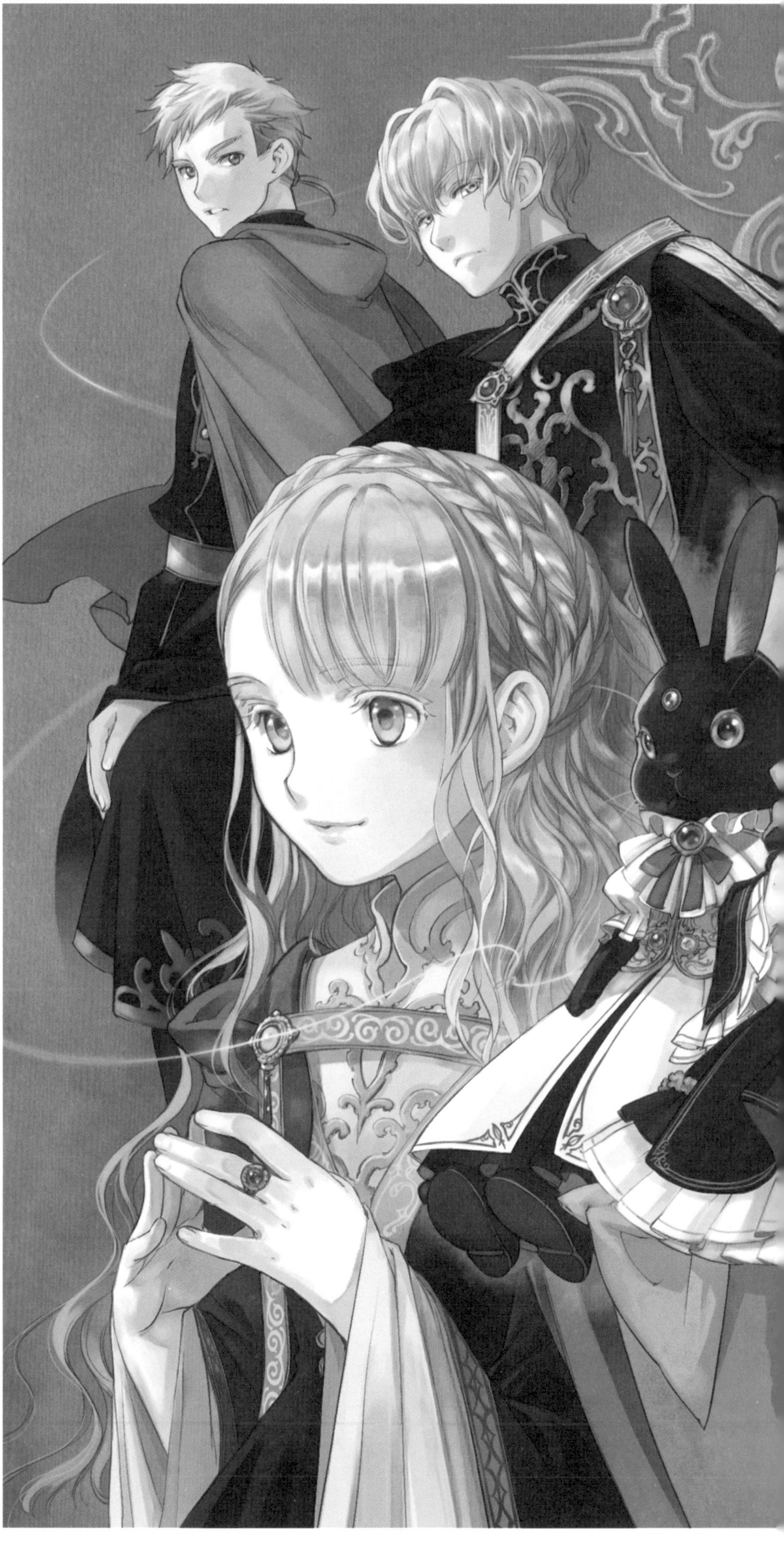

『제4부 귀족원의 자칭 도서위원II』 권두 컬러

『제4부 귀족원의 자칭 도서위원III』 권두 컬러

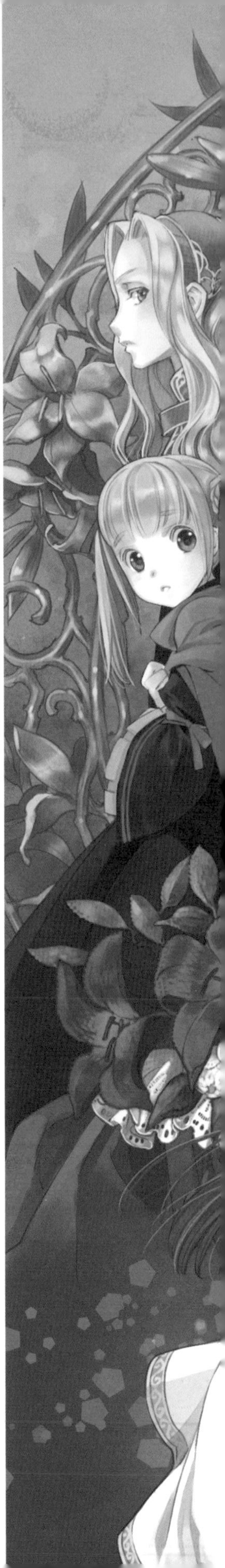

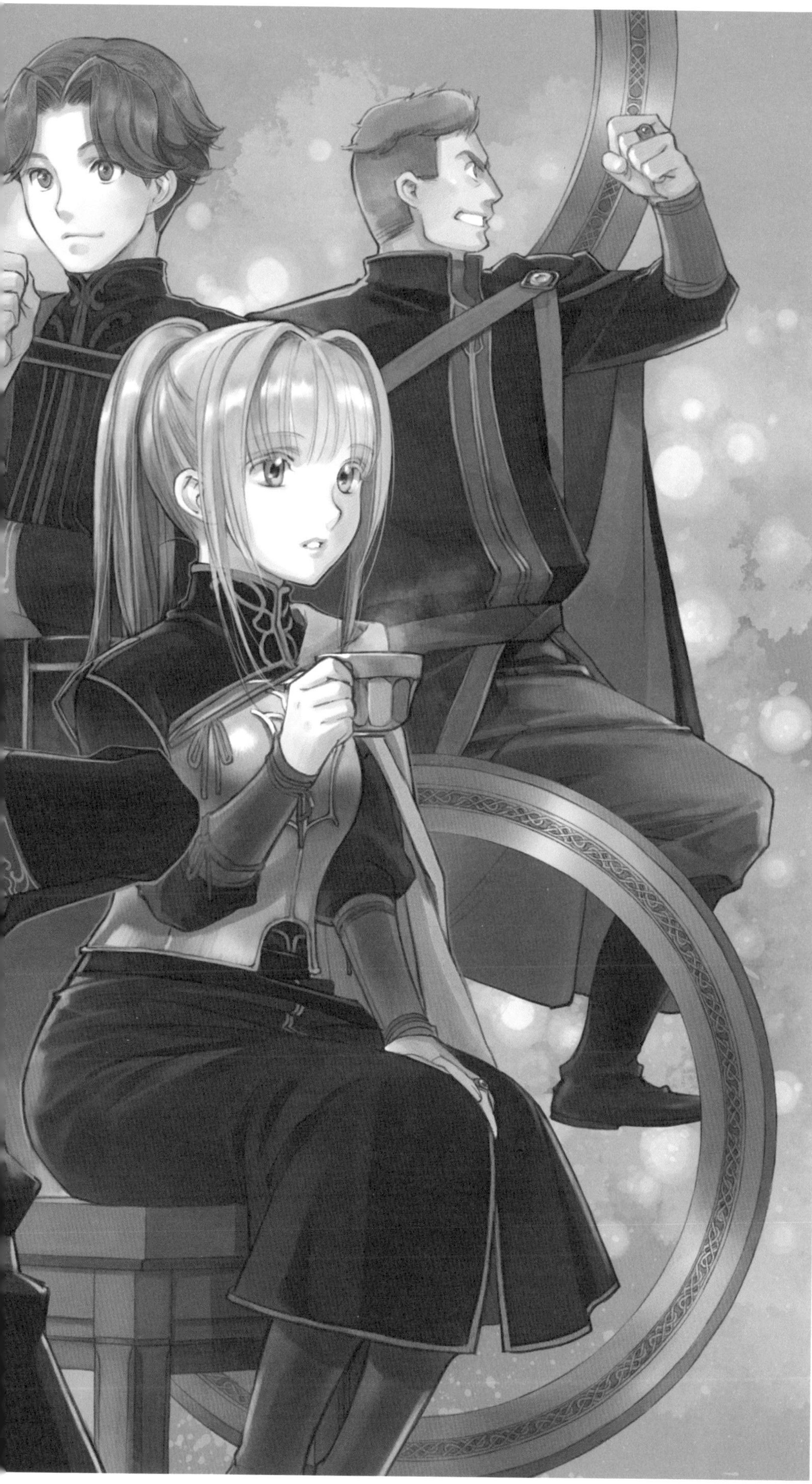

『귀족원 외전 1학년』 권두 컬러

『제 3 부　영주의 양녀Ⅲ』 표지

『제 3 부 영주의 양녀IV』 표지

『책벌레의 하극상 팬북 1』 표지

『책벌레의 하극상 팬북 2』 표지

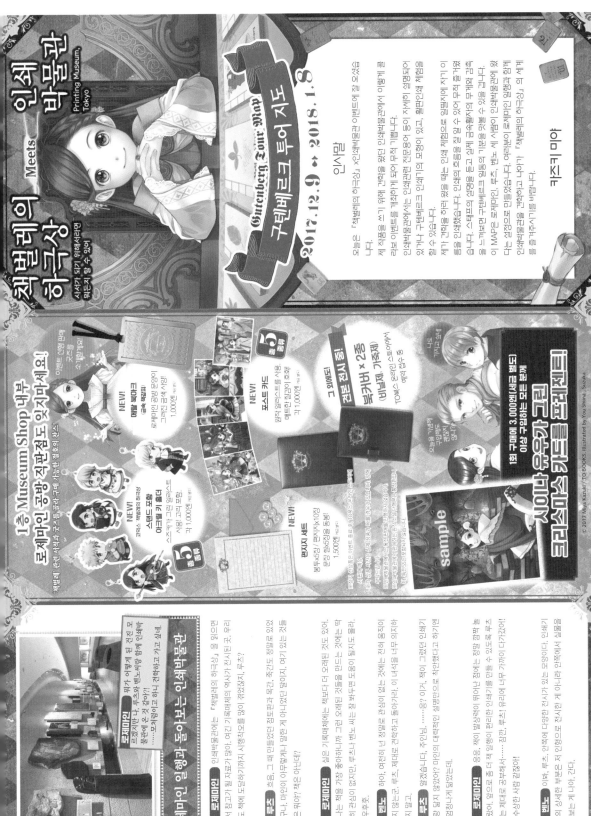

「책벌레의 하극상」 Meets 「인쇄박물관」 구텐베르크 투어 지도 표지

A 활자 Printing type

루츠: 아, 이거, 우리도 공방에서 인쇄할 때 쓰고 있어. 이렇게 알파벳이라든 요한이 만든 금속 활자로 만든 금속 활자를 받아보고, 나무로 도 만들 수 있었구나.

※ 문제파잇!: 만들 수 있지, 그런데 나무로 만들면 금속 모양의 문자를 대응할이라는 건 무리니까 나무보 다는 요한이 만든 금속 활자가 쪽이 인쇄를 보급하기에 훨 씬 좋아.

루츠: 요한도 처음으로 주철을 했을 때 엄청 한숨 쉬었어, 그 뒤에 주조도 직접하니까 공방 사람들에게 활 겉은 소리중 쉽게 하지만.

활자 채험 가능합니다.

루츠: 흠흠, 활자 채험인 엄하고 있으니까 여기 놀러와 열심히 만들면 신관에 갈 때는 형성 했지만 신관에서 제작은 쉬이 함께 했지만 어른신도 채험만드 어디에 있니까 제자로 자랑 마인인의 주인으신 셰이 함께 했지만 을 입으시니까 인쇄 채험은이 직접 있었으니쪕습니다. 한 고인있다 된스습니다. 새 신관들이 직업이 어떤 느 인지 파악하실 수 있을 거라 생 각합니다.

B 인쇄기 Printing Press

B-1 구텐베르크식 인쇄기

※ 문제파잇!: 나왔어, 이건 종이를 끼우는 부분이라든가, 조판할 때는 부분이라니까, 이걸 보고 있으니 지거나 요한이란 한 번 더 인 하고 싶네.

B-2 플랑탱-모레투스 공방

※ 문제파잇!: 반드 씨, 이거 보세요, 구텐베르크의 세기가 이렇게 작동하는지를 잡 파악한 걸 보았어요. 이요 플랑탱 상회도 이 동안처럼 엄가사와 같이 잡 먼틀어 목판으로 된 동판처럼 이런 부를 여기서 제가 진짜 통이 공방을 만들어 주세요, 이것으로 결정결정 인쇄하고 적적 책을 만들어서 제가 진짜 통이 이 음을 수 있게 해주세요.

인쇄기 진화의 흐름

※ 문제파잇!: 지금의 방식으로 「용수철」 인쇄기가 드 금세이 완성됫기 한데 실제로 이런 식으로 진화했어.

B-1 15세기 목제 인쇄기

가—......, 저이 맨날 공방에서 직 업하고 있으니까 여기 놀러와 열 예 들었지만 인쇄기 쪽이 훨씬 말 어지만 시간이 걸이 난다면 주인 이건신도 채험만드 어디에 주인 어른신도 채험만드 어디에 신관에 갈 때는 형성 했지만 을 입으시니까 인쇄 채험은이 직접 채험은 신 직 있었으니습니다. 한 고인있다 된스습니다. 새 신관들이 직업이 어떤 느 인지 파악하실 수 있을 거라 생 각합니다.

B-3 19세기 철제 인쇄기 조벱빅 프레스

돌이가 안말이 내려든 인쇄기가 됫 되면 약 350년 후, 철제 인쇄기가 등장했어. 금속의 맛진가지로되 가루 워요 인쇄기에 되, 한력도 철이 용수철로 가루 기본인 기준인 나사에서 지렛대 식으로 힘력을 더대인가나 한 기장의 장업이 손이 나 하는 것을 나의꺼의 경이로 줄 수 있게 된 거였어.

B-4 19세기 나사에서 지렛도 프레스

B-5 19세기 용수철 이용 월벱빅 프레스

철제 인쇄기의 임럭력과 용수철을 나무대로 나무에 세울 누는데도 가운 것인, 인력 도 특지 금속적으로 인쇄 지렛대 대들무의 소손이 더 한 기장을 손이 나 하는 것을 새로운 이용 기어에 재사함한 것도 마 했다는 모양이야.

C 체인드 북과 장정 Chained Books and binding

벤노: 이게 에렌페스트 가득물도 가지고 다니도 책이야, 가죽을 써서 두껍게 무겁고 가죽도 비싸서 그리 쉽게 수 있는 물건이 아니지, 이런 책 도난당니를 위해 도서실에선 사슬의 엔금으로 있도 게로돌이야, 신전 도서실에도 사슬을 맨 때, 그리고 보니 그녀있어도 대겐으로 없, 신전 도서실에 하기를 받은 프린이 사들을 좋이 철대에 가지고 걸다고 친다고 들 적 있어, 그 녀실을 끌보꾸도 것도 그녀이 구나.

D 구텐베르크 Guttenberg

벤노: 옹? ......뭣지, 이쪽도 앞밑기가 얼마롯 석이 실물을 모하하게 추진하이기에 앞밑기이지 되는 없았다, 이름 필무드 선을, 손이지 됫이 주로 사용된 적은 맛진가지로이, 좋타나 모음이 눈에 띄지 않고 막 도록 하면 옹이 가지이 눔은 진, 고개이기에 한반 이름 하 그 녀석의 성물도 너무 좋은지 됫이에 이해 하기 어렵있지 만, 대몬 사람 이름을 사 용한 장으로군.

루츠: 우리를 끌어도 기뻐하실 수 없지만.

E 양피지 Parchment

「책벌레의 하극상」 Meets 「인쇄박물관」 구텐베르크 투어 지도 뒷면

35

『제3부　영주의 양녀III』표지 러프　　　　　　　　『제3부　영주의 양녀II』표지 러프

『제 3 부　영주의 양녀 V』표지 러프

『제 3 부　영주의 양녀 IV』표지 러프

『제 4 부　귀족원의 자칭 도서위원 II』표지 러프

『제 4 부　귀족원의 자칭 도서위원 I』표지 러프

『제 4 부　귀족원의 자칭 도서위원Ⅳ』표지 러프

『제 4 부　귀족원의 자칭 도서위원Ⅲ』표지 러프

『귀족원 외전　1 학년』표지 러프

주인 몰래 다녀온 도서관 견학

카즈키 미야

"필린느, 정리를 마치면 측근방으로 오세요."

로제마인 님께서 리카르다와 리젤레타를 대동하여 목욕하러 들어가시자 즉시 레오노레가 제게 말을 걸었어요. 저는 교재를 만들던 필기구와 종이를 최대한 빨리 정리했어요.

혹시 제가 뭔가 실수라도 했던 걸까요?

"필린느입니다. 실례하겠습니다."

움찔거리면서 측근방에 들어서자 방에는 레오노레와 브륀힐데뿐이었어요. 레오노레는 조금 곤란하다는 표정을 지은 채 의자에 앉아 있고, 브륀힐데는 업무 중인 것처럼 재빨리 왜건에 차를 준비하고 있었어요.

"저기 앉으세요."

분명 꾸중을 들을 거예요. 저는 울음이 터질 듯한 기분으로 "네, 네엣!"이라고 대답하고는 레오노레의 앞에 앉았어요.

"그렇게 긴장하지 않아도 돼요. 내일 일정을 알려드리려는 것뿐이니까요. 레오노레의 얼굴이 무서워 보이겠지만, 골똘히 생각하느라 그런 것이지 화가 난 건 아니랍니다."

브륀힐데가 살짝 웃으며 그렇게 말하고는 제 옆에 앉았어요. 레오노레는 뺨에 손을 가져다대고는

"혹시 제가 무서워 보이는 얼굴을 하고 있었나요? 미안해요."라 말하고 부끄러운 듯이 미소짓습니다. 뻣뻣하게 굳었던 몸에서 긴장이 조금 풀렸습니다. 유디트나 안게리카가 없는 곳에서 상급 귀족인 저 두 사람과 직접 이야기를 하는 일은 처음이었거든요.

"저와 브륀힐데는 내일 오전 도서관에 가서 솔랑쥬 선생님과 만나 이야기를 나눌 예정인데, 필린느도 함께 가지 않겠어요?"

"로제마인 님께서 도서관 출입을 시작하시기 전에 미리 도서관 상태를 확인하고 솔랑쥬 선생님께 도서관에서 문장 찍힌 과제 필사를 해도 괜찮은지 허가를 받아 두라는 이야기를 하르트무트에게 듣긴 했어요. 하지만 로제마인 님께서 도서관에 가실 수 없는데 저희가 먼저 가도 괜찮을까요?"

그토록 도서관을 고대하시는데도 모든 수업에서 합격할 때까지 참고 계시는 로제마인 님을 생각하면 할 수 없는 짓이다 보니, 왠지 제가 먼저 가면 안 된다 싶

었어요.

"필린느의 그 마음은 측근으로써 아주 훌륭한 자세랍니다. 우리가 도서관에 간다는 이야기를 들으신다면 로제마인 님께서는 조금이나마 마음이 뒤숭숭하실 거예요. 하지만 섬기는 주인을 위한 사전 조사를 허투루 할 수는 없어요. 샅샅이 조사하고 머리에 담아 뒀다가 필요할 때 신속하게 대처할 수 없다면 우수한 측근이라고 말할 수 없죠."

"……저기, 그러니까, 로제마인 님께는 비밀로 하고 도서관에 간다는 말씀이죠?"

"……그렇게 생각하셔도 돼요."

조금 떨떠름한 표정으로 브륀힐데가 고개를 끄덕였어요. 혹 제가 뭔가 실수라도 한 걸까요? 살짝 레오노레를 보니 흐뭇한 눈으로 저를 보고 있었어요. 화를 내는 건 아닌 모양이에요.

"도서관에 가는 사람들은 저희들뿐인가요?"

다른 사람은 이 자리에 없기에 의문이 떠올랐는데, 레오노레가 다른 사람들의 일정을 가르쳐 줬어요.

"2학년과 4학년, 6학년은 오전에 실기가 있어서 시간이 비는 사람은 음악 실기에 합격한 저뿐이에요. 1학년과 3학년, 5학년은 이론 수업이니 코르넬리우스와 하르트무트는 시간이 나겠지만, 코르넬리우스는 안게리카가 빨리 필기에 합격하도록 공부를 우선하고 싶다네요."

"하르트무트는 로제마인 님께서 아직 안 읽어 보신 책을 도서관에서 몇 권 빌린 모양이에요. 리카르다를 통해 로제마인 님께 드려서 독서하시도록 할 거예요. 우리가 자리를 비웠다고 해서 로제마인 님의 심기가 불편하시지는 않을 거예요."

브륀힐데의 설명을 들은 저는 감동하고 말았습니다.

로제마인 님께서 만족하시도록 하면서 우리의 부재까지 얼버무려 주다니, 대체 하르트무트는 얼마나 유능한 걸까요.

"그럼 저는 하르트무트의 후의를 감사히 받아들이고 싶다고 생각합니다."

"…하르트무트의 후의라는데요, 레오노레……."

"후의건 아니건 필요한 역할이라는 건 분명해요. 브륀힐데."

아침 식사를 마치고 수업을 들으러 가는 사람들을 배웅한 뒤 하르트무트는 로제마인 님께서 다목적 홀로 나오시도록 유도했어요. 그 뒤는 리카르다나 하르트무트가 잘 풀어 줄 거예요. 저는 레오노레, 브륀힐데와 함께 몰래 기숙사를 나왔어요.

중앙동으로 나와 회랑을 따라 걸었어요. 막다른 곳에 있는 문을 열고, 문 뒤의 회랑을 걸어서 다시 문을

열면 도서관 홀에 도착해요. 홀에는 솔랑쥬 선생님께서 기다리고 계셨어요.

"로제마인 님의 측근 여러분, 안녕하세요."

"얼마 전 올도난츠로 부탁드린 대로 로제마인 님께서 도서관 출입을 시작하시기 전에 직접 도서관을 둘러보고 위험한 장소나 사람의 흐름, 비상구를 확인하고 싶어요."

레오노레가 우리의 대표로 용건을 말하자 솔랑쥬 선생님은 빙긋 미소를 짓고는 고개를 끄덕였어요.

"슈바르츠와 바이스를 깨워 주신 로제마인 님께서 안전하게 도서관을 이용하시기 위해서죠? 안내해 드릴게요. 오늘은 이용자도 없으니까요. 그렇지만 도서관에 위험한 장소는 거의 없다고 생각해요."

그렇게 말하며 솔랑쥬 선생님은 우리가 들어왔던 문을 가리켰어요.

"회랑 끝에는 도서관 이용 등록을 한 사람이나 사서인 제 허가를 받은 사람이 아니면 들어갈 수 없어요. 도서관 부지 안에 낯선 사람이 갑자기 들어올 수는 없고, 난동을 부리는 사람은 슈바르츠와 바이스가 붙잡을 거예요."

"도서관은 꽤 경비가 엄중하네요."

"도서관에 모이는 자료들은 그만큼 소중하니까요. 이 건물에는 귀족원에 모이는 모든 지혜를 수호하는 바람의 여신 슈첼리아가 새겨져 있답니다."

솔랑쥬 선생님이 가리킨 방향으로 레오노레가 걸어갔어요. 솔랑쥬 선생님의 집무실 반대편입니다. 하얀 벽에는 방패를 든 바람의 여신 슈첼리아가 새겨져 있어 매우 장엄한 분위기를 내고 있어요. 호오 하며 바라보는 저와는 달리 레오노레는 열람실로 들어가는 문과 벽, 집무실 문을 비교하며 험악한 표정이 되었어요.

"솔랑쥬 선생님, 이 벽 안쪽은 어떻게 되어 있나요? 도서관의 면적을 고려하면 벽 건너편에도 뭔가 방이 있겠죠?"

"벽 너머는 도서관 관련 마술구 창고예요. 입구는 열람실 계단 밑인데, 사서가 저 혼자뿐인 지금은 마술구 대부분이 가동하지 않지만요."

솔랑쥬 선생님은 자조적으로 대답한 뒤 "사서 접무실도 한 번 보시겠어요?" 하고는 집무실을 향해 걷기 시작했어요.

"네. 특히 열람실로 통하는 문 부근을 확인하고 싶어요."

레오노레가 솔랑쥬 선생의 뒤를 따랐습니다. 이용자 등록을 위해 들어간 적이 있기에 저도 딱히 긴장하지 않고 브륀힐데의 뒤를 따라 집무실로 들어갔어요. 기억하고 있는 대로 들어가자마자 벽 쪽으로 장의자가 있어요. 장의자 맞은편에는 등록 수속을 했던 원탁이 있고, 그 안쪽에는 사무용 책상이 있어요.

"사무용 책상이 엄청 커 보이네요. 작업대 겸용인가요? 휴게실은 아마 칸막이 안쪽일 테고……."

브륀힐데가 의아한 듯 묻자 솔랑쥬 선생님이 슬픈 듯 책상을 살짝 쓰다듬으며 안쪽으로 걸어갔어요.

"저 혼자 쓰기에는 좀 넓어 보이겠지만, 사서가 많았던 시절에는 좁았습니다. 안쪽 휴게실의 테이블도 작업대로 쓰고 있었답니다."

칸막이 안쪽은 사서 휴게실이었어요. 커다란 테이블이 있고 구석에는 전에 사서들이 썼을 듯한 의자가 세 개 있었어요. 조금 낡아서인지 주인 잃은 의자가 매우 쓸쓸해 보였어요.

"옛날에는 여기서 점심을 먹었지만, 지금은 시종에게 1인분만 달라고 하기가 뭐해서 제가 직원 식당으로 가고 있어요. 상담하러 온 선생들과 이야기를 나누는 장소도 여기였지만 이제 저 혼자서는 도저히 업무를 미루고 할 수 없어요. 지금은 여기를 쓸 일 자체가 적답니다."

"선생님들께서 여기서 점심을 드셨다는 말은 도서관에 차 준비를 할 시설이 있었다는 이야기네요? 로제마인 님께서 도서관에 오래 머무르실 때 마실 것을 어떻게 해결해야 하나 고민하고 있었는데요."

브륀힐데가 즐거운 듯 말했어요. 하지만 솔랑쥬 선생님은 잠시 생각에 잠기더니 고개를 저었어요.

"차를 준비할 수 있는 설비는 도서관이 아니라 문 건너편의 사서 기숙사에 있어요. 하지만 학생의 출입은 허용할 수 없어요."

"그렇군요. 역시 기숙사에서 왜건으로 매일 나르는 수밖에 없겠네요."

브륀힐데가 실망한 듯 말했어요. 여러 종류로 준비해서 기숙사에서 차를 나르는 일은 꽤 힘들다고 해요.

"로제마인 님께 상담해 보는 게 어때요? 사전에 상담해서 원하시는 차를 준비한다면 한 종류라도 불평하지 않으실 텐데요."

"네, 로제마인 님께서는 아무 말씀 없으실 거예요. 그렇지만…… 뭐……."

브륀힐데가 뺨에 손을 대고 한숨을 내쉬었어요. 도서관은 공공장소고 선생님들도 찾는 곳이에요. 그러니 측근으로 일하다가 부족한 모습을 보인다면 시종 코스 실기 점수가 감점된다고 하네요.

"그건…… 맥빠지는 일이군요."

"다른 영지 사람들과의 다과회도 시종끼리 상호평가로 채점을 하는 거예요. 게다가 시종이 모자란 모습을 보이면 주인의 평판에도 관계가 있다구요!"

점점 힘이 들어가는 브륀힐데의 주장에 솔랑쥬 선생님은 로제마인 님이 좋은 측근을 두셨다며 살짝 웃었어요. 브륀힐데가 부끄러운 듯 뺨을 물들였어요. 저는 화제를 돌리기 위해 벽에 있는 선반을 가리켰어요.

"솔랑쥬 선생님. 여긴 슈바르츠와 바이스가 있던 선반이죠? 지금도 밤에는 여기 앉나요?"

"아뇨, 밤에는 방범 때문에 사서 기숙사로 데려가고 있어요."

솔랑쥬 선생님은 사서 기숙사로 통하는 문을 살짝 열었어요. 집무실에 홀로 있는 것만으로도 조금 슬픈 느낌인데, 혼자만 지내는 기숙사 생활은 대체 얼마나 외로울까요.

"솔랑쥬 선생님은 기숙사에 홀로 계시는데, 외롭진 않으세요?"

"업무 시간과는 달리 시종 카트린도 곁에 있고 슈바르츠랑 바이스까지 있으니 시끌벅적해졌어요. 이젠 외롭지 않아요."

후후 하고 웃은 솔랑쥬 선생님이 기숙사 문을 닫고는 열람실로 통하는 문을 열었어요. 문 앞은 도서관 이용 신청을 하는 곳입니다. 집무실을 통해 열람실로 들어갈 기회는 거의 없을 거예요. 전 두근거리면서 발을 디뎠어요.

"자료나 개인 열람석 이용 신청은 여기서 해요. 이 근처의 책장은 손대지 마세요. 보증금도 있고 함부로 건드리면 슈바르츠랑 바이스에게 잡힐 테니까요."

지금은 강의 시간이라서인지 열람실에는 이용자의 모습이 보이지 않고, 슈바르츠와 바이스가 의자에 앉아 있습니다. 로제마인 님께서 오실 때면 "공주님, 공주님"하면서 저희 주변을 돌지만, 오늘은 저희에게 오려고 하지 않네요. 로제마인 님은 특별한 모양이에요.

"어머, 이쪽 개인 열람석은 복도에서 빛이 들어오네요."

레오노레의 말에 돌아보았어요. 개인 열람석은 기둥 사이에 있는 자습 공간으로, 제 겨드랑이 정도 높이의 문이 있어요. 서무용 책상 줄에 있는 개인 열람석에는 책상 앞에 있는 좁고 긴 창문을 통해 복도의 부드러운 빛이 들어와서 북향인데도 의외로 밝았어요.

"이쪽은 복도에서 창문으로 훤히 들여다보여서 별로 인기가 없답니다."

솔랑쥬 선생님의 말씀에 따르면 사서 집무실로 사람이 드나들 때마다 그림자나 시선이 신경 쓰여서 집중이 힘든 열람석이라고 하네요.

"개인 열람석은 전부 체크할 필요가 있을 거 같아요. 로제마인 님께서 사용하신다면 어느 자리를 권하는 게 좋을지 확인하고 싶어요."

레오노레가 개인 열람석의 구조와 창문의 위치, 문까지의 거리 등을 확인하면서 진지한 표정으로 말했어요. 견습 호위 기사는 매우 힘들어 보이네요. 저는 할 수 없을 거 같아요.

"그럼 이대로 서쪽부터 1층을 빙 돌아 볼까요?"

수속대를 지나 벽을 따라 남쪽으로 걷기 시작하자 문이 하나 보였어요. 솔랑쥬 선생님이 "여기는 제2 폐가서고입니다."라 말씀하시며 문을 가볍게 콩콩 두들겼어요.

"오래된 자료들이 있는 곳인데, 열쇠는 제가 관리하고 있고, 자료를 찾고 나면 바로 퇴실해서 열쇠를 채우는 곳이라 수상한 사람이 드나들기는 어려워요."

솔랑쥬 선생님은 문손잡이를 흔들어 문이 잘 잠겨 있음을 보여 주셨어요. 레오노레도 마찬가지로 문손잡이를 만져 보며 확인했어요.

"제2 폐가서고……라면 제1 폐가서고도 있다는 말이네요?"

"네. 제1 폐가서고는 선생님들의 자료를 보관하는 서고인데 중앙동에 있어요. 그쪽도 안내할 필요가 있나요? 도서관을 비우려면 준비를 해야 하는데…….""

"아뇨. 제가 확인할 부분은 이 도서관을 드나들 경우에 주의할 장소를 확인하는 것뿐이니 괜찮아요."

"알겠어요. 계속 돌아보죠."

서고 앞쪽의 개인 열람석은 창문이 없어 다른 자리에 비해 어두워서 책상 위에는 여러 조명용 마술구가 놓여 있었어요.

"조명에 마력이 필요해서 이쪽 자리들은 하급귀족에게는 인기가 없어요. 물론 최종 시험을 앞두고는 개인 열람석을 확보하는 것만으로도 힘들지만요."

안쪽으로 걷다 보니 서고 영역이 끝났는지 다시 창문이 있는 개인 열람석들이 보였어요. 밝은 빛이 들어오고 창문 너머로 눈이 쌓인 바깥 풍경이 보입니다. 개인 열람석을 확인하던 레오노레가 살짝 험악한 눈빛으로 창 밖에 보이는 계단을 노려보았어요.

"솔랑쥬 선생님, 이 창문에서 보이는 계단은 어디로 통하나요?"

"아까 봤던 폐가서고로 가는 계단이에요. 폐가 서고에 반입하는 자료는 소독한 뒤 보존용 마술을 거는데, 그 작업에 좀 넓은 장소가 필요해서 사서 기숙사 뜰을 이용하거든요. 요즘에는 마술을 안 걸고 서고에 넣고 있어요. 올해는 슈바르츠와 바이스가 눈을 뜬 덕분에 등록부터 다시 할 자료가 많아요."

반가운 듯 솔랑쥬 선생님은 창 밖을 내다보았어요. 로제마인 님께서 슈바르츠와 바이스를 깨운 일은 우리가 상상했던 것 이상으로 솔랑쥬 선생님께 도움이 되었던 모양이에요.

"영주회의가 열릴 무렵이면 이 뜰에 아주 아름다운 꽃들이 피어나서 다른 사서들과 다과회를 열곤 했는데, 매우 즐거웠었죠."

"저희가 귀족원에 머무르는 기간은 겨울뿐이라서요. 눈밖에 안 보이는 경치에서 봄의 귀족원을 상상해 보려니 도저히 안 되네요."

귀족원 도서관

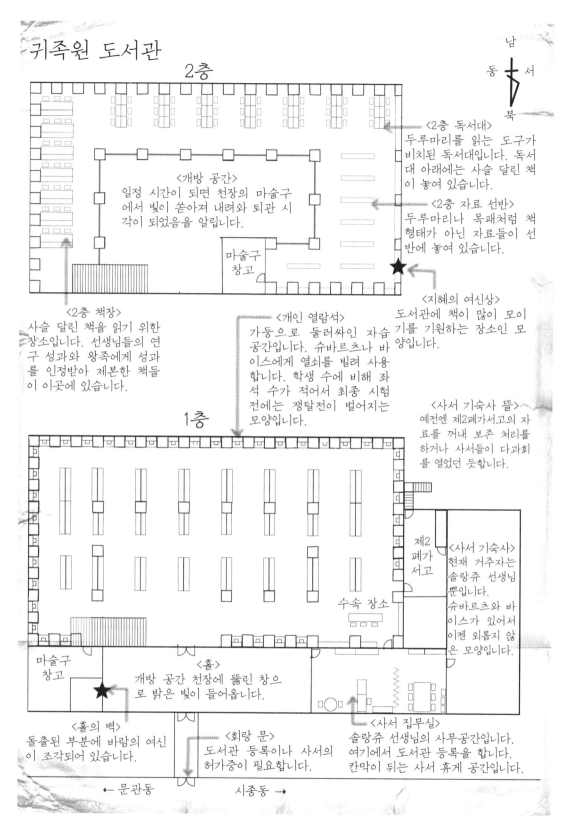

저도 브륀힐데의 말이 이해돼요. 눈으로 덮인 새하얀 광경에서 꽃이 만발한 뜰을 상상할 수가 없네요. 솔랑쥬 선생님께서 쿡쿡 웃으셨어요.

"봄의 귀족원은 여러분처럼 평범한 학생이 볼 수 있는 광경이 아니죠. 부디 영주회의에 동행할 수 있는 지위에 올라서 봄의 귀족원을 구경해 주세요."

"그렇게 될 수 있게 노력할게요. 그 때가 되면 뜰을 구경시켜 주시면 감사하겠습니다."

레오노레가 후후 웃으며 남쪽에 늘어선 열람석을 따라 동쪽으로 걸어갔어요.

"솔랑쥬 선생님. 에렌페스트에서는 로제마인 님의 문장 찍힌 과제 작업을 도서관에서 타령 상대로도 하고 싶다고 생각하고 있습니다."

밝은 햇빛이 들어오는 개인 열람석 앞에서 브륀힐데가 갑자기 용건을 꺼냈어요.

"으음, 문장 찍힌 과제를 도서관에서 해도 된다는 허가를 받고 싶다고요?"

"네. 도서관에 직접 다니시는 로제마인 님께서 인색한 사람처럼 보이지 않도록 이야기를 모으는 과제를 가능한 빨리 다른 영지 사람들 대상으로도 실시하고 싶어요."

걱정스럽다는 표정으로 브륀힐데가 말했어요. 도서관은 돈이 없는 중급이나 하급 귀족이 다니는 곳이고, 견습 문관이 아닌 한은 상급 귀족이나 영주후보생은 거의 방문하지 않아요. 중급이나 하급 귀족을 심부름 삼아 보내는 게 보통이에요.

하지만 그건 상급 귀족이라 으스대거나 아랫사람을 싼 값으로 부려먹으려는 심술궂은 짓은 아니에요. 저학년 하급 귀족들이 무사히 귀족원 생활을 수보낼 수 있도록 도서관 심부름처럼 무난한 일을 맡기는 것은 영주후보생이나 상급 귀족의 역할이에요. 그런 상황이니 로제마인 님께서 도서관 심부름 값을 아끼려는 수전노로 보인다면 큰일이죠.

"특이한 주인을 모시니 측근들도 큰일이네요. 그래서, 어떤 과제인가요?"

브륀힐데가 저를 힐끗 바라봤어요. 저는 로제마인 님의 문관이니 로제마인 님의 과제 발주를 다뤄야 해요. 브륀힐데에게 맡기는 게 아니라 원래 제가 솔랑쥬 선생님과 교섭해야 해요.

"아, 아아, 저기, 솔랑쥬 선생님. 로제마인 님의 문장 찍힌 과제는 에렌페스트 도서실에 없는 책을 필사하는 일이나 다른 영지에 전해지는 이야기들을 기록하는 일이고…… 펜하고 잉크도 빌려줄 예정이에요. 도서관에서 할 수 있으면 감사하리라고 생각합니다."

긴장으로 목소리가 올라가며 설명하는 제 말을 솔랑쥬 선생님께서는 온화한 미소를 지으며 들어 주셨고, "최종 시험 때문에 붐비는 시기가 아니라면 괜찮아요."라고 허가해 주셨어요.

"다른 영지 학생들과 교류하기 좋은 열람석이 있나요?"

"글쎄요, 이 근처라면 책장 틈으로 출입구가 보이겠죠? 하지만 인기가 많은 장소라 확보하려면 상급 귀족과 동행하는 게 좋을지도 모르겠네요."

영지 순위가 높더라도 중급 귀족이 직접 요구하면 하급 귀족은 자리를 양보해야 한다네요. 저학년에 하급 귀족인 저는 좋은 열람석을 점유하기 힘들 거예요. 전망이 좋지 않다고 생각해서 풀이 죽자 브륀힐데가 제 어깨를 다독였어요.

"그렇게 비관하지 마세요. 필린느는 영주후보생인 로제마인 님의 도서관 출입을 수행하는 거예요. 전혀 문제없어요."

레오노레도 브륀힐데에게 "그렇네"라고 동의하며 끄덕여요. 저는 마음이 조금 가벼워졌어요.

우리는 동쪽에 늘어선 열람석을 따라 걸어갔어요. 레오노레는 책장 간격 등을 확인하고는 "의외로 이쪽에는 사각지대가 많네요."라며 로제마인 님께서 어느 쪽 자리를 사용하시도록 할지를 생각하고 있었어요.

"솔랑쥬 선생님, 계단 아래에 문이 있는데요, 이 문이 아까 홀에서 얘기하셨던……."

"네, 마술구 창구예요. 이 문도 자물쇠를 채워 놔서 수상한 사람이 숨어 있기는 어려울 거예요."

넓은 계단으로 2층에 올라가면 1층과는 달리 기둥 사이에 열람석 대신 쇠사슬이 달린 책이 쌓인 책장이 있었어요. 책장과 책상이 합쳐진 형태로, 그 자리에서 바로 책을 읽을 수 있게 되어 있었어요.

"책이 사슬로 묶여 있어서 읽으려면 그 자리에서 봐야 해요. ……학생이 이용할 일은 적지만, 로제마인 님이라면 이용하실지도 모르겠네요."

"여기 책들은 무슨 내용인가요?"

"선생들의 연구 성과 중 왕족에게 인정을 받아 제본한 책이에요. 드레반헬의 책이 많지 않을까요?"

이야기만 들어도 어려울 거 같아요. 학생 이용자가 적은 것도 납득하겠어요.

……로제마인 님이라면 기뻐하며 읽으시겠지만.

"이 천장에는 퇴실을 알리는 마술구가 박혀 있어요."

"저 색이 바뀌는 장치 말씀이죠? 로제마인 님이시라도 금방 알아차리실 거 같아 다행이라고 리카르다가 안도하던데요."

뻥 뚫린 천장을 올려다봤지만, 지금은 아무 색도 없었어요. 채광을 위해 유리로 만든 천장으로부터 빛이 들어올 뿐이에요. 1층까지 빛을 비추기 위해서겠죠. 건물 가운데를 뚫어 놓은 구조라 2층은 생각보다 넓지 않았어요.

하얀 난간을 따라 남쪽으로 걸어가니 책장의 모양이 바뀌었어요. 받침대가 대각선이라 책을 걸쳐 놓고 읽도록 되어 있었어요. 받침대 밑에는 책이 가지런히 놓여 있었어요.

"이쪽의 독서대는 두루마리를 읽는 데 필요한 도구들이 함께 있어요. 옛 자료나 제본되지 않은 자료들은 두루마리가 많으니까요. 독서대 아래에는 책꽂이에는 들어가지 못할 정도로 커다란 책들이에요."

밑에서 꺼내는 데만도 벅찰 듯한 크기였어요. 로제마인 님께서 읽고 싶어하신다면 견습 문관인 제가 준비해야 해요. 엄청 무거워 보이는데, 과연 제가 할 수 있을까요?

"여기 안쪽에는 두루마리와 목패처럼 책자 형태가 아닌 자료들이 있어요."

서쪽은 기둥과 기둥 사이에 열람석이 아니라 자료가 놓인 선반이 늘어서 있었어요. 오래된 자료들이 많은 것 같고, 다른 곳들에 비해 약간 먼지 냄새가 감돌았어요.

"제본을 귀찮아하는 힐쉬르 선생의 연구 성과는 이쪽에 있는 경우가 많아요. 힐쉬르 선생의 제자는 선반을 여기저기 뒤져야 자료를 찾을 수 있을 힘들 거예요."

"으음……"

함께 쿡쿡 웃으며 걷고 있자니 자료 선반 사이에 여신상이 있었어요. 큰 책을 갖고 계시니 메스티오노라일 거예요.

"지혜의 여신상이에요. 도서관에 책이 더 많이 모이도록 기도하는 곳이랍니다."

"로제마인 님이시라면 열심히 기도하시겠네요."

"필린느, 여기 여신상이 있다는 것도 가슴 속에 묻어 두세요. 로제마인 님께서 아신다면 '어머, 여기도 메스티오노라 신상을 놓고 싶어'라고 하실 게 뻔해요."

로제마인 님께서 방 여기저기에 여신상을 두는 모습을 상상했더니 무심코 웃고 말았어요. 온 방안을 여신상으로 꽉 채우실 거 같아요.

"비밀로 할게요. ……솔랑쥬 선생님, 안쪽에 있는 문은 뭐예요?"

"거기도 마술구 창고예요. 그 창고도 개관과 폐관 준비 때 아니면 열쇠로 잠궈 둬요."

"도서관에는 마술구가 꽤 많네요."

1층에도 마술구 창고가 있고, 슈바르츠랑 바이스도 마술구죠. 도서관엔 대체 얼마나 많은 마술구가 있는 걸까요?

"기둥과 천장에도 있지만 모든 마술구를 작동시키는 데에는 중급 귀족인 저 혼자로는 마력이 부족해요. 지금은 정말 최저한의 마술구만으로 운영하고 있어요."

도서관을 소중히 여기시는데 자신의 마력만으로는 부족하다니, 솔랑쥬 선생님은 얼마나 안타까우실까요? 저는 영주 일족의 측근인데도 마력이 부족한 저 자신을 돌아봤어요.

……저도 직책에 어울리는 마력이 있었으면 싶어요. 로제마인 님의 마력 압축 방법을 배우기 우해서 가능한 한 돈을 벌어야 해요…….

레오노레가 솔랑쥬 선생님께 질문 몇 가지를 던지고 있자니, 강의 종료를 알리는 빛이 쏟아졌어요. 솔랑쥬 선생님이 1층으로 재빨리 걷기 시작했어요.

"여러분은 어서 기숙사로 돌아가세요. 슈바르츠와 바이스에 관심을 가진 선생과 학생들이 점심시간이나 흙의 날이면 오거든요. 왕족의 유물을 에렌페스트가 빼앗은 거 아니냐고 비난하는 사람들이나 둘의 주인 자리를 노리는 사람들과 불필요하게 대립하게 될지도 몰라요."

솔랑쥬 선생님의 충고를 따라 우리는 서둘러 도서관을 나와 돌아갔어요. 회랑을 걸으면서 브륀힐데가 걱정스레 말했어요.

"로제마인 님께서 슈바르츠와 바이스의 주인이 돼서 주변이 엄청 소란스러워졌어요. 사교 기간에는 대영지의 영주후보생들이 던지는 불평을 받아야 하는 거 아닐까요?"

"에렌페스트보다 상위 영지에서 요구한다면 양보할 수밖에 없지 않을까요?"

그렇게 한다면야 분쟁이 커지는 일은 없어요. 하급 귀족인 저는 지금까지 계속 그렇게 살아왔죠. 상급 귀족들은 그런 생각이 안 드는 걸까요?

"음, 네에. 필린느의 의견이 옳아요."

중앙동에 도착하자 곧 네 점 종이 울렸어요. 여러 교실의 문이 열리면서 학생들이 나오기 시작했어요. 점심을 먹으려 돌아가는 학생들의 인파를 따라 저희도 기숙사로 돌아갔어요.

"상위 영지에게 양보하는 게 올긴 하지만, 로제마인 님이라면 타 영지와의 관계보다는 도서관을 최우선으로 해서 폭주하실 거라고 생각해요."

저희들 1학년을 강제로 공부시키셔서 한 번에 합격하도록 강요하셨던 로제마인 님의 모습이 생생히 떠오르는 바람에 저는 온몸에서 식은땀이 흘러나오는 것을 느꼈어요.

"……필린느, 제 의견도 로제마인 님께는 비밀입니다."

브륀힐데가 저에게 맞춰 '비밀'이라고 말해 주었음을 알자 가슴이 조금씩 따뜻해졌어요.

"알았어요. 비밀로 할게요."

브륀힐데의 걱정은 조금 일렀어요.

시비를 건 단켈페르거를 보물 뺏기 디터에서 박살내고 로제마인 님께서 슈바르츠와 바이스의 주인으로 왕족으로부터 정식으로 인정받을 줄은 이때는 예상할 수 없었답니다.

반장님,

반드시 지킵시다.

……그렇게 생각하면 다음 봄부터 동문으로 이동하게 되는 것도 행운이군.

그 귀족들에 대해 조사해 아랫마을을 지킬 수 있는 게 문지기의 일이에요.

꿀꺽 꿀꺽

그래.

탕

우리 집은 이 마을째 내가 지킨다.

끝

나 때랑 마찬가지였으니까 라고는 말 못한

내가 굳이 말할 필요는 없다고 보지만 ......아이도 소중히 여겨

툭 툭

마인이 신전을 다니는데 가장 위험한 건

타지의 귀족에게 납치될 가능성이 있다는 점이라 더군요

벤노한테 들었는데 ......

마인에게는 상품을 만들어내는 재능도 마력도 있습니다.

반장님... 그럼 저도 한 마디 조언 드리겠습니다.

그런...

계약마술은 마을을 떠나면 끊어지니 납치되면 별 소용 없습니다.

양쪽 다 아랫마을에 오려면 문을 경유할 필요가 있습니다.

에렌페스트에 있는 귀족, 외부에서 온 귀족

그래서 '문지기'인 겁니다.

하지만 뭘 어떡해야 ......

아나스타지우스

· 15세
· 금발
· 회색 눈동자
· 여름에 태어남
· 검은 망토
· 키는 180대 후반
중앙 제2왕자

에그란티느

· 15세
· 금발
· 밝은 오렌지색 눈동자
· 겨울에 태어남
· 붉은 반지
· 붉은 망토
· 167cm

클라센부르크

아나스타지우스

시이나 선생님 왈 "왕자님이니 장식을 잔뜩 붙여 주고 소매도 쓸데 없이 천을 많이 써 봤어요"라는 디자인입니다.

에그란티느

늠름하면서도 화려한 언니 분위기로. 성인이 되어 머리를 올렸을 때 로지나와 닮아 보이지 않도록 신경 썼습니다.

솔랑쥬

· 5◯8세
· 연한 보랏빛 머리칼
· 푸른 눈동자
· 겨울에 태어남
· 붉은 반지
· 키는 160대 초반

클라센부르크 출신

솔랑쥬

시이나 선생님 "리카르다보다는 차분한 부인답게"
카즈키 선생님 "상냥한 할머니의 느낌이 나서 좋아요"

마법문양

마법진 여러 개를 조합해서 디자인해 커버 일러스트용으로 만들었습니다. 카즈키 선생님 왈 "대단해요! 멋져요!"

레스티라우트

카즈키 선생님의 요망으로 최초 디자인에서 짧은 말총머리가 추가되었습니다.

레스티라우트
- 13세
- 은발
- 붉은 눈동자
- 가을에 태어남
- 노란 반지
- 푸른 망토
- 키는 170 정도

단켈베르거

유디트
- 11세
- 밝은 오렌지색 머리칼
- 보라색 눈동자
- 여름에 태어남
- 푸른 반지
- 키는 155 정도

유디트

뒷머리를 어깨 근처까지 내리자 카즈키 선생님도 "딱 맞아요!"라 감탄할 정도로 이미지를 살렸습니다.

레오노레
- 13세
- 포도색 머리칼
- 남색 눈동자
- 겨울에 태어남
- 붉은 반지
- 키는 163 정도

트라우고트
- 12세
- 밝은 금발
- 군청색 눈동자
- 여름에 태어남
- 푸른 반지
- 키는 165 정도

레오노레

디자인할 당시에는 '소극적인 아가씨 느낌'이었지만, 카즈키 선생님의 희망으로 '유능한 비서관' 분위기에 눈썹과 눈을 야무진 느낌으로 변경했습니다. 본문 삽화에서 비교해 보세요.

트라우고트

아직 열두 살이라 몸이 다 자라지 않아 '풋내기' 느낌이 납니다.

구드룬(유스톡스)

- 35세
- 갈색 머리칼
- 장갑 착용

구드룬

어머니 리카르다의 느낌을 내기 위해 눈 주위를 바꿨습니다. 그리고 화장기를 없애 여장했다는 느낌보다는 흔한 아줌마 분위기를 살렸습니다.

콘라트

- 4세
- 밤색 머리칼
- 황색 눈동자
- 키는 100cm 정도

콘라트

누나 필린느의 이미지에 불우한 상황을 일목요연하게 알아볼 수 있는 디자인입니다. 몸에 맞지 않는 귀족 의상과 어두운 표정에 주목해 주세요.

잠

- 25세
- 흑발
- 녹색 눈동자

잠

"프랑과 프리츠 사이 정도의 키에 마르고 평범한 얼굴, 눈은 약간 처지게"라는 카즈키 선생님의 이미지대로 한 번에 통과했습니다.

머리를 땋은 뒤
말아서 마무리

한넬로레

- 10세
- 연한 핑크톤의 보라색 머리칼
- 붉은 눈동자
- 붉은 반지
- 키는 135cm 정도

한넬로레

머리 길이를 등에 닿을 정도로 늘렸습니다. 땋은 머리를 동그랗게 묶은 부근에는 리본을 추가하여 보다 인상적인 실루엣의 캐릭터가 되었습니다.

제 4 부 귀족원의 자칭 도서위원 IV

델리아

- 12세
- 키는 145cm 정도

디르크

- 3세
- 붉은 머리칼
- 검은색에 가까운 진한 갈색 눈동자
- 키는 100cm 정도

델리아

2부 이후의 시간 경과를 반영해서 어른스러운 미인으로 자랐습니다. 옷은 정강이 부근에 닿도록 변경했습니다.

디르크

델리아의 동생답게 델리아의 어릴적과 비슷한 분위기에 조금 건방지지만 건강한 느낌입니다.

기베 하르덴첼

엘비라의 오빠임을 반영해 눈을 비슷한 분위기로 그
렸습니다. 마수를 사냥하는 역할이라 체격도 탄탄합
니다. 남의 위에 서는 사람의 분위기를 풍깁니다.

기베 하르덴첼

· 45세
· 엘비라의 오빠
· 진한 녹색 머리칼
· 붉은 눈동자
· 여름에 태어남
· 푸른 반지
· 키는 180cm 정도

귀족원 외전　1 학년

클라리사

· 13세
· 진한 갈색 머리칼
· 푸른 눈동자
· 여름에 태어남
· 황색 반지
· 푸른 망토
· 키는 168cm 정도

단켈페르거 출신

코르둘라

· 45세
· 연한 보라색 머리칼
· 붉은 눈동자

클라리사

무에 능한 견습 문관. 얼핏 봐
서는 평범해 보이지만 저돌맹
진하는 내면도 있어 쾌활한
분위기가 감도는 아이입니다.

코르둘라

한넬로레의 수석 시종으로, 영주
일족이라 한넬로레에게 엄한 경
우가 많습니다. 모 애니메이션의
캐릭터와 비슷한 이미지일까요?

로데리히

- 10세
- 오렌지색에 가까운 갈색 머리칼
- 진한 갈색 눈동자
- 가을에 태어남
- 황색 반지
- 황색 망토
- 키는 143cm 정도

에렌페스트

루펜

- 34세
- 오렌지빛 금발
- 푸른 눈동자
- 여름에 태어남
- 푸른 반지
- 바깥은 검정, 안은 푸른 망토
- 키는 180cm 정도

단켈페르거

로데리히

조금 가냘프고 약한 분위기입니다. 하지만 어려운 처지를 견뎌내며 즉석에서 이야기를 지어내는 능력이 있고 심지가 굳습니다.

루펜

'미소가 상큼한 체육선생' 이미지입니다. 외견과는 반대로 꽉막힌 열혈파 언행과 근육뇌스러움이 느껴지는 디자인입니다.

아돌피네

- 14세
- 와인레드 머리칼
- 호박색 눈동자
- 가을에 태어남
- 황색 반지
- 에메랄드그린 망토
- 키는 162cm 정도

드레반헬

오르트빈

- 10세
- 자주색 머리칼
- 연갈색 눈동자
- 봄에 태어남
- 녹색 반지
- 에메랄드그린 망토
- 키는 150cm 정도

드레반헬

오르트빈

얼핏 봐도 요령 좋은 수재임을 알아볼 수 있는 디자인. 머리는 눈에 띄는 자주색입니다. 커버 일러스트를 확인해 주세요.

아돌피네

기가 센 미소가 어울리는 단정한 미인이지만, 엄청난 노력파이기도 합니다. 영주후보생다운 기품이 느껴집니다.

신관장의
취향은
딤불라지만

테틀리 쪽이
어울릴 것
같습니다

맛있어!

찻잎으로
만든
신작 쿠키
입니다만,

어떤 차가
어울릴지……
고민하고
있습니다.

프랑이랑
시종들,
신관장이
온다니까
기합이
들어가
있네!

페르디난드
님은
처음
드셔보는
맛이라

가장
어울리는 차를
고르는 건
어려울 것
같습니다.

나도
테틀리가
어울린다고
생각하지만

차를 낼 때
직접
물어보는 건
어떤가요?

로제마인
님……!

나라면 프랑이
그렇게까지
생각해
골라줬다면

그것만으로도
맛있다고
느낄 거라
생각하는데.

아!

내가 신전장이
되어서

용무가 있을 땐
신관장이
신전장실에
방문하게 되었지만

그럼 내일 의논
하러 방문하마.

만화: 나미노 료

~팬북 3권 부록 만화~
번외편 어느 날의 마중

시종들이
좀 바쁜 것
같아.

맞이하는 쪽도
차와 과자 등
나름대로
준비가
필요하기에

다만……

네.

준비는
되어
있습니다.

프랑,
내일 준비는
어떤가요?

← 오른쪽에서 왼쪽으로 읽어 주세요

57

오늘은 의논만 할 예정이다만, 어째서 음악을?

대접하는 거예요!

카페라든가 가게 내 BGM이 있는 편이 작업이 잘 된다고들 하고.

하아...

차를 더 내어 주겠나

네!

......

그리고 이 차는 프랑이 고른 거예요.

힐끔 힐끔

솔직히 책도 내올까 했죠!

대접에 책도 내오는 건 어떨까요?

로제마인 님은 차도 과자도 잊어버리셨군요.

으흥!

......

책을 읽으면서 먹는 맛있는 차와 과자는 더할 나위 없는 환대라고 생각해요!

꺄아—

나도 주인으로서 최선을 다해 대접을......

그래!

짜악

힘내요, 프랑.

열심히 준비하려고 합니다.

하지만 제안 감사합니다.

한눈에 보는 유르게슈미트의 영지 순위표

필린느가 정성스럽게 정리한 자료니 반드시 외워야 합니다!!

> 어서 스파이가 정신하지 않으세요?! 필린느가 열심히 정리해 줬으니 외워야지

> 크롬멜 시킨 라우스가 거예요

순위	영지명	크기	맘토의 색	문장	기숙사 사감	주요 영주후보생	영지의 특색
번외	중앙		검은색	책과 검과 나무	이곳으로 없음		왕좌와 중앙신전을 둘러싼 국토 중심부
1위	클라센부르크	대영지	붉은색	학과 녹대와 칼	프림베르	에그란티느(6학년)	돌의 영지. 입면의 장벽 이면에는 댐여 있다.
2위	단켈페르거	대영지	푸른색	사슴과 창	루벨	아돌피네(5학년) 오르트빈(1학년)	무력의 영지. 후열조구하다. 다양한 과일이 자란다.
3위	드레반헬	대영지	에메랄드그린	세 마리의 뱀	군돌프	아돌피네(5학년) 오르트빈(1학년)	지식의 영지. 다양한 마음이 자란다와 연구자도 많은. 우수한 인재들을 영주의 양자로 찾이하기 때문에 승계 경쟁이 활발하다.
4위	기렛센마이어	중영지	진한 갈색	소	에니페		제1 왕녀의 춘신지로, 정변을 거치며 지위가 상승한 영지.
5위	하우프프레체	중영지	일각수	일각수	레나투스		해산물로 유명했지만, 국경문은 몰수되고 바다가 상승한 영지.
6위	아렌스바흐	대영지	연보라색	돌고래	프리뮬	디트린데(4학년)	무역의 영지. 현재 유르겐슈미트 유일의 개방된 국경문이 있다.
7위	가우스뷔텔	중영지	갈색	악어	룬페		클라센부르크의 춘신지.
8위	요스브레너	중영지	검은색	검은 개	유스토르		클라센부르크의 중앙을 잇는 교역로.
9위	키르슈네라이테	소영지	녹색	표범	프란치스카		수백 년 전 하우프프레체에게 빼앗긴 국경문을 되찾기를 바라고 있다. ※1
10위	임멜딩크	중영지	진한 녹색	곰	잉그리트		제2의 드레반헬(지식의 영지)이 되기를 바라고 있다.
11위	블루멜트크	중영지	연두색	호랑이	린크르트		중앙과 기렛센마이어를 잇는 교역로.
12위	룬첸	소영지	오렌지색	고양이	레베카		클라센부르크의 영향력이 강하다.
13위	에렌페스트	중영지	밝은 황토색	사자	함쉘른	발트리드(1학년) 문체마인(1학년)	지금까지 주목받는 일이 없었던 영지. 초급 검기어가 세로운 유행을 늘리고 있다. 내전 중립.
14위	베르켄슈탁	소영지	진한 보라색	루티나	루티나		내전의 패자조. ※1
15위	프뢰벨타크	중영지	하늘색	멧돼지	파울리네		내전의 패자조. 아렌스바흐와 중앙을 잇는 교역로
16위	로스발켄	소영지	청자색	거북	마르가레테		내전의 패자조. 단켈페르거와 중앙을 잇는 사이에
17위	노이에하우젠	소영지	자주색	양	나타나엘		내전의 패자조. 단켈페르거와 중앙을 잇는 교역로
18위	린데발	소영지	청록색	말	다비트		내전의 패자조. 하우프프레체, 키르슈네라이테와 중앙을 잇는 교역로 ※1
19위	오소발트	소영지	붉은 갈색	염소	랑페르트		내전의 패자조. 바드가 중앙을 잇고 있어 제정의 위태롭다. ※1
20위	그반드레프	소영지	연한 청자색	사슴	쿠니군데		내전의 패자조. 바드가 중앙을 잇고 있어 제정의 위태롭다. ※1

※1 키르슈네라이테는 원래 대영지였지만 수백 년 전에 센트에게 마력을 잃어 몰락되었음.
※2 표 외의 순위는 4부 1권~2권 시점임.

카즈키 미야 선생님 Q&A

2018/7/2 ~ 7/16 동안 '소설가가 되자'의 활동 보고에서 모집한 독자님들의 질문에 답하는 코너입니다. 이전 회와 마찬가지로 '이런 부분도 궁금해 하셨구나'라고 놀랄 만큼 상세한 질문들이 많았습니다. 이번에도 되도록 많이 답변드리기 위해 노력했습니다.　　　카즈키 미야

Q 유르겐슈미트의 문장은 왕족의 문장인가요?
A 지금은 그렇지만, 옛날에는 챈트만이 사용할 수 있는 문장이었습니다.

Q 유르겐슈미트 전도를 보면 폐영지나 내전에서 패배한 영지가 동쪽에 집중되어 있는 것으로 보이는데요, 보통은 패자 측에서 자신들에게 합류하라는 권유가 들어왔을 법한데도 에렌페스트가 중립을 지킨 이유는 뭔가요?
A 프뢰벨타크와 자우스가스, 베르케스토크에서 합류를 권유했고 클라센부르크와 아렌스바흐의 견제가 있었습니다. 하지만 선대 아우브 에렌페스트가 병석에 있어 영지의 중대사에 대해 결단을 내릴 수가 없었습니다. 질베스타로 영주가 바뀐 후, 질베스타의 모친이 자신의 뒷배인 아렌스바흐를 지지하라고 강하게 밀어붙였지만, 질베스타는 작은누나의 시댁이자 처가인 프뢰벨타크를 무시할 수도 없었습니다. 어느 쪽으로도 갈피를 잡지 못한 질베스타의 성격 때문에 중립을 고수하는 입장이 되었습니다.

Q 귀족원은 눈 덮인 심산유곡으로, 꽤 깡촌에 있다는 인상인데요, 중앙의 시가지와는 얼마나 멀리 떨어져 있고, 어느 정도로 넓은가요?
A 귀족원은 전이진으로만 갈 수 있는 장소에 있어서 얼마나 멀리 떨어져 있는지는 가늠하기 어렵습니다. 면적은 소영지 정도입니다.

Q 유르겐슈미트의 지도 말인데요, 아렌스바흐 말고도 하우프레체나 클라센부르크, 요스브레네노 바다에 접하고 있나요?
A 그렇습니다. 하지만 유일하게 국경문이 개방된 아렌스바흐를 빼면 바다가 점점 줄어들고 있습니다.

Q 영지에 순위를 매기는 것은 영지간의 전쟁을 막는 의미도 있다고 생각해요. 영지 순위가 하위인 입장에서는 기본적으로는 상위 영지의 말을 거스를 수 없는 것 같지만, 과연 어느 정도의 압력인가요? 물리적으로 멀리 있는 상위 영지라도 말을 들을 필요가 있나요?
A 개인 대 개인의 관계라면 거역해도 별 문제 없이 끝나는 경우도 있지만, 영지간 정보 수집 시에 따돌림당해 같은 영지 소속 사람들에게 냉대받는 경우도 있습니다. 심한 경우에는 영주회의에서 아우브가 상위 영지의 아우브에게 이런저런 싫은 소리와 불평을 듣는 바람에 부모가 영주에게 호출당해 질책받거나 벌을 받는 경우도 있습니다.
　영지 대 영지의 관계에서는 영주회의나 귀족원에서 하위 영지 사람들이 노골적으로 푸대접을 받게 됩니다. 물리적으로 거리가 떨어져 있으면 갑자기 쳐들어오거나 하는 일은 별로 없습니다만, 주변 영지와의 관계에 따라 물자의 유통이 지체되는 등의 불이익이 있습니다.

Q 에렌페스트에서는 귀족과 평민 사이의 단절이 심한데, 다른 영지들에서는 어떤가요?
A 귀족가와 평민가의 단절이 심할 뿐, 에렌페스트에서도 하르덴첼이나 일크너처럼 기베가 다스리는 영지는 평민과의 거리가 가까운 경우가 많습니다. 귀족과 평민의 주거지가 나뉘어 있다는 것 자체는 그리 드문 일이 아닙니다. 직할지를 다스리는 귀족이 평민의 생활에 흥미를 갖고 있느냐 아니냐에 따라 다르긴 합니다만, 정도의 차이는 있을지언정 어느 영지에나 두 신분간의 단절은 존재합니다.

Q 귀족이 결혼 등의 이유 말고도 소속 영지를 옮기는 일은 있나요? (은퇴 후 취미상의 연구 때문에 타령으로 전속하는 일이 가능한가의 여부 등)
A 원 소속 영지와 이적하려는 영지의 영주가 허가한다면 가능합니다. 다만 그 사람의 공적도 전부 옮겨가기 때문에 우수한 인력일수록 허가받기 어렵고, 협상력이 필요합니다.

Q 겨울의 주인은 에렌페스트에만 나타나나요? 다른 영지에도 여름의 주인이라던가 하는 게 있나요?
A 기렛센마이어와 요스브레너 사이에서는 겨울의 주인이 나타납니다. 여름의 주인은 단켈페르거에 출현합니다.

Q 귀족원 말입니다만, 귀족원이 있는 중앙에는 평민 마을이 있나요? 중앙 귀족의 아이들은 부모의 출신 영지 귀족원 기숙사에 들어간다면 따로 대대로 중앙에서 사는 귀족들은 없나요?
A 중앙에도 평민 마을은 있습니다만, 귀족원 구획 내에는 없습니다. 귀족원의 평민은 하인으로써 각 기숙사에 소속되어 있습니다. 대대로 중앙에 사는 귀족은 왕족뿐입니다.

Q 귀족원을 마친 뒤 다니는 고등교육기관은 없나요? 특정 분야의 전문가가 되기 위한 교육기관은 없고 누군가에게 사사받는 것 외에는 학습할 기회가 없는 걸까요?
A 고등교육기관은 없습니다. 부모나 귀족원의 교사, 자기 직무의 선배에게 사사받아 학습합니다.

Q 귀족원의 각 영지에는 젖소나 닭 같은 가축이 있나요? 그걸 기르는 사람들은 어디 관할인가요?
A 귀족원에는 없습니다. 식재료는 각 영지에서 전이시켜 사용합니다.

Q 귀족원 기숙사는 청각적인 프라이버시를 누리기 어려운 환경이라고 생각하는데요, 기숙사 내에 있는 영주 부부의 방도 다른 방과 마찬가지인가요? 리카르다의 노성이 아래층까지 들렸다는 것으로 보아 트라우고트의 방이 계단 근처에 있고, 방문이 별로 두텁지 않은 나무일 것이라고 추측했어요. 코르넬리우스에게 문 밖에서 소리를 내 주라고 의뢰한 점으로 봐도 소리를 차단하는 성능이 떨어지는 실내용

문이라고 판단했는데요.

A 항상 시종을 곁에 두기 때문에 영주 일족에게는 청각적만이 아니라 모든 프라이버시가 거의 없습니다. 침대에 올라가서 천개를 드리우거나 비밀의 방에 들어가지 않는 한은 모든 게 훤히 보이고 훤히 들립니다. 하지만, 문은 두꺼운 나무로 만듭니다. 리카르다의 목소리가 1층까지 들린 건 전날에도 꾸중을 들었던 트라우고트가 리카르다의 입실을 거부했다가 리카르다가 복도에서 꾸중을 한 탓입니다. 그리고 문 밖에서 말하는 이유는 시종에게 용무를 전달하기 위한 이유입니다. 큰 소리를 내서 방 주인이 듣게 하려는 게 아닙니다.

Q 귀족원 기숙사에 머무르는 사람들의 구성을 알려 주세요. 학생과 성인 시종은 알겠습니다만, 성인 시종의 시종(귀족 의상이야 혼자서 입을 수 있겠지만)이라던가 호위역은 어떤가요? 기숙사에 평민 하인은 요리사 말고도 있나요?

A 성인 시종의 시종은 없습니다. 성인 시종들은 단체실을 사용하기에 옷은 서로 입혀 줍니다. 생활하기에 부족한 부분은 기숙사에 있는 평민 하인들에게 부탁합니다.

Q 영주후보생 시종의 시종들도 영주후보생을 수행하나요? 학생에 딸린 시종들의 직무 범위와 내용을 알고 싶어요.

A 학생의 생활을 돌보는 것이 시종의 일이므로 영주후보생의 시종 외에는 기본적으로 기숙사 내에 머무릅니다. 영주 일족이거나 기베 이외에는 영지에서도 항상 시종과 함께 다니지는 않습니다. 용무가 있을 때 벨을 울려 부르는 정도죠. 시종의 업무 내용은 세안과 환복, 식사 시 급사 업무, 방 정돈, 목욕 준비, 차 준비, 이부자리 준비(다리미 같은 마술구로 침구를 데우기) 등입니다.

Q 귀족원의 조직에 대해선데요, 교장이나 교감 같은 인물이 있나요?

A 왕과 왕족이 귀족원의 최고책임자입니다.

Q 귀족원에서 성적 우수자로 뽑히는 학생의 인원은 어떻게 결정하나요? 특히 영주후보생은 학년에 따라 인원수에 차이가 있을 수 있는데, 상대평가로 우수자의 비율이나 인원수가 정해져 있는지, 아니면 절대평가로 특정 점수 이상인 사람 전원에게 수여하는지 궁금해요.

A 절대평가로 결정합니다. 점수가 몇 점 이상이면 우수자, 그중에서 가장 높은 성적을 받은 사람이 최우수입니다. 극단적으로 말하면 전원이 우수자가 되는 것도 불가능은 아닙니다.

Q 귀족원에도 성적통지표가 있나요?

A 개인에게는 각 과목의 시험 결과만을 통보합니다. 종합 성적은 영주에게 보내서 배속할 곳 등을 참고하게 합니다.

Q 귀족원 조직에 대해서인데, 각 영지 출신의 귀족이 중앙으로 이적하는 경우에는 어떤 절차가 필요한가요? 영주의 허가도 필요한가요, 아니면 중앙의 허가만 있으면 되나요?

A 표창을 받을 성적을 한 번 정도 거두고 전문 코스에서 스승이었던 교사의 추천을 받아 교사가 왕족에게 신청합니다. 왕족이 추천을 수락하면 영주회의에서 영주에게 의견을 타진하고 허가를 받으면 이적할 수 있습니다. 우수한 인재를 뺏기는 셈이니 싫어하는 영주도 있습니다. 어떻게 영주를 납득시킬지에 대한 본인의 사전 교섭도 중요합니다.

Q 기숙사감 외에도 특정 영지 출신 교원이 학생과 기숙사 내에서 정보를 교환하거나 서포트하는 일이 있나요?

A 자신의 연구실로 학생을 불러서 정보 교환을 하거나 개인적인 상담을 받는 경우는 있지만, 기숙사 안에서 하지는 않습니다. 사감의 방침과 대립한다면 귀찮으니까요.

Q 각 과목의 수업은 매년 선생님이 고정되어 있나요? 문관 코스를 졸업한 선생님이 다른 과정의 수업을 맡는 일도 가능한가요?

A 저학년 공통 교과는 모든 교사의 수업이 돌아오지만, 전문 교과로 가면 문관 코스 출신 교사가 기사 코스를 가르치는 경우는 없습니다.

Q 귀족원에서 일하는 사람들은 중앙 귀족인 기숙사감 겸임 교사들과 딱히 이름 없이 잡일을 하는 사람들이 등장하는데요, 그중에는 젊은 조수들도 있을 거라고 생각해요. 조수나 잡일역 하인들은 어떻게 고용하나요?

A 솔랑쥬처럼 기숙사감이 아닌 교사들도 많습니다. 다만 본편을 쓰는 데 있어 아무래도 기숙사감들의 관계가 부각될 뿐입니다. 조수는 스승격 교사가 추천하여 중앙 귀족이 됩니다. 왕족들이 항상 귀족원에 머물러 있기에 면접 같은 건 딱히 없습니다. 추천을 접수할지의 여부는 왕족이 결정합니다. 하인들은 중앙에 있는 왕성에 채용된 사람들을 적당히 뽑아 보냅니다. 유르겐슈미트의 한가운데 있지만, 하인들 입장에서는 벽지 출장 취급입니다.

Q 4부 3권에서 졸업식 입장이 영지 순위에 따라 정해져 있었는데, 에스코트하는 사람의 순위가 높으면 그쪽이 우선인가요, 아니면 어디까지나 졸업생 기준인가요?

A 졸업생 기준입니다. 양쪽이 모두 졸업생일 경우에는 영지 순위가 높은 쪽이 우선입니다.

Q 페르디난드 님이 졸업하셨을 때는 봉납무에서 어느 신 역할을 맡았을까요? 실력으로 보자면 어둠의 신이리라고 생각하지만, 영지의 순위로 보면 인기가 없을 듯한 생명의 신 에이비리베였을까요? 아니면 보결 요원이었을까요?

A 생명의 신 에이비리베였습니다. 영지를 거느리는 영주후보생인 이상 자령의 순위 역시 실력에 포함됩니다. 실력으로 보면 어둠의 신 역할이리라는 이야기는 맞지 않습니다.

Q 원래 청색 신관이었던 사람이 편입해 주입식 교육을 받는 경우에는 입학 연령과 무관하게 성인까지의 기간만 주어졌나요?

A 특별조치를 신청했기에 15세가 넘더라도 6년 동안은 퇴학이 없었습니다. 유급도 가능했어요. 다만 귀족은 졸업이 곧 성인으로 인정받는 것이기에 졸업이 늦어지면 그 사람은

성인 대접을 받지 못하며 결혼이나 취업에도 큰 영향을 받습니다. 그래서 구 견습 청색 신관이나 견습 청색 무녀는 1년 내내 귀족원에 머무르며 필사적으로 공부했습니다.

Q 로제마인 님의 최저 수준 향상 조치 앞뒤로 에렌페스트 학생들이 '신의 뜻'을 얻는 장소가 바뀌었을까요? 아니면 변화가 없었나요?

A '로제마인의 최저 수준 향상 조치'가 뭘 가리키는지 알기 어렵네요. 이론 수업의 성적 향상으로는 마력 변동이 없습니다. 마력 압축이라면야 채집 장소가 바뀌겠지만, 마력 압축 방법을 가르치는 것은 1학년 수업이 끝난 뒤입니다. 1학년에 슈타프를 얻는 지금의 커리큘럼으로는 특별한 변화가 없습니다.

Q 슈타프를 얻는 시기가 3학년에서 1학년으로 바뀐 건 언제부터인가요? 페르디난드와 에크하르트는 3학년 때고, 리카르다 시절에는 졸업 때였을까요?

A 제1왕자인 지기스발트가 최대한 슈타프를 빨리 얻도록 변경되었습니다. 페르디난드와 에크하르트는 3학년 때였고, 리카르다 세대는 졸업 전에 취득했어요. 솔랑쥬보다 조금 어린 세대부터 3학년 때로 변경되었습니다.

Q 기사단원들은 성과 영지 경계의 경비, 토론베 사냥이나 겨울의 주인 토벌 외에는 어떤 업무를 수행하고 있나요?

A 기사단원의 기본 업무는 경비와 토벌입니다. 마수가 자주 출현하는 시기와 장소가 있기에 그 주변을 순찰하는 일을 교대로 하고 있습니다. 그리고 훈련도 중요한 업무의 일부입니다.

Q 전속이 아니었더라도 원래 하던 일이 있을 건데요, 남성 보좌관은 귀족원 기간 중에는 무슨 일을 하고 있나요? 출산 휴가는 아니더라도 '귀족원 휴가' 같은 것이 인정되고 있나요?

A 측근이기에 귀족원 동행도 업무입니다. 대부분은 학생의 집에 있는 측근이 동행합니다만, 그렇지 않을 경우에는 부모가 고용주와 교섭하여 빌립니다.

Q 빌프리트의 교육이 문제가 되었을 때 측근을 교체하거나 폐적시키면 결과적으로 베로니카 파 귀족들이 불안해하거나 곤란해하겠죠? 질베스타는 딱히 베로니카 파를 박해하고 싶지는 않다고 생각했던 건가요? 아니면 아이의 주변 환경을 갑자기 바꾸고 싶지 않았을 뿐인가요?

A 구 베로니카 파는 질베스타에게 있어 자신의 파벌이기도 하니까요. 힘을 빼는 정도라면 몰라도 죽이고 싶다고까지는 생각하지 않아요. 어머니를 처벌했으니 그 뒤로는 되도록 온건하게 다스리고 싶다고 생각했습니다. 베로니카와 함께 공문서 위조나 횡령 등에 관련되어 있다는 확실한 증거가 없는 사람은 회색분자로 처리해 넘어가고 있습니다.

Q 가계도에 기재된 세라디나는 친어머니인가요, 아니면 공식적으로 내세운 가짜인가요?

A 페르디난드의 친어머니 맞습니다.

Q 하얀 탑에 수감된 베로니카의 신변은 어떻게 돌보고 있나요? 간수 겸 하인이 있나요? 하얀 탑이나 감옥의 하인들은 평민인가요?

A 간수 겸 기사나 하인이 있습니다. 평민도 있긴 하지만 전이진을 쓰지 않으면 식사를 나를 수 없기에 한 명은 마력을 가진 사람을 둡니다.

Q 세례를 받기 전에는 영주의 자녀들이 어떻게 지내나요? 낮에는 아이들 방에 있다는 내용뿐인데, 각자 개인실은 있나요? 부모와 함께 보낼 수 있는 시간은 얼마나 되죠?

A 아이방은 하나뿐이고 개인실은 없습니다. 부모와 함께 보내는 시간은 아침 식사 후부터 업무가 시작되는 세 점 종까지입니다. 그리고 저녁식사 때 인사를 나누고, 휴일에는 같이 보낼 수 있습니다.

Q 임신 기간은 얼마나 되나요? 마력을 넣으면 늘어나나요?

A 마력에 따른 변화는 없으며 평민과 똑같습니다. 다소간 개인차는 있지만 거의 아홉 달입니다.

Q 혈연 외의 사람에 의한 가문 탈취는 죄가 되지 않나요?

A 주인을 살해하여 탈취하려고 하는 경우에는 살인죄로 처벌합니다만, 그렇지 않다면야 별로 따지지 않습니다. 제대로 지키지 못한 주인이 잘못했다는 느낌입니다.

Q 귀족은 영주후보생, 기사, 문관, 시종의 네 종류인 듯한데요, 인원 비율은 어떻게 되나요?

A 현재(귀족원 1학년 시점)는 기사가 50%, 시종이 30%, 문관이 20%, 영주후보생이 2명입니다. 이 비율은 시대에 따라 매우 달라집니다. 귀족원에는 성인 측근도 데리고 갈 수 있으므로 극단적으로 말하자면 견습 시종은 없더라도 생활에 지장이 없습니다. 견습 문관 역시 없어도 귀족원의 과제를 수행하는 데에 별 지장이 없겠지만, 견습 기사만은 많지 않으면 귀족원에서 영주후보생을 지킬 수 없습니다. 에렌페스트에서는 여성 영주후보생의 존재 여부에 따라 여기사의 수가 매우 달라집니다. 여기사가 적을 때에는 견습 시종이 많습니다.

Q 귀족의 등급에 따른 마력의 구분은 수업 때문에 모든 영지가 공통적으로 나누고 있었어요. 하지만 상급귀족 중에서도 상위권이나 영주후보생은 상위 영지 영주와 혈통상 가까운 상급귀족은 하위 영지 영주후보생보다 마력이 크다던가 하는 등 영지간에 상당한 차이가 있다고 봐도 될까요?

A 그렇습니다. 클라센부르크 영주 일족의 방계인 상급귀족이라면 에렌페스트의 영주후보생보다 마력이 큰 것이 보통입니다.

Q 귀족이 직업을 바꾸는 경우가 있나요(기사가 부상 후에 문관이 된다던가, 시종이 문관이 된다던가)?

A 귀족원에서 어떤 코스를 택했느냐에 따르는 것이라 기본적으로는 바뀌지 않습니다. 여러 코스를 이수하고 성적이 좋다면 어떤 코스로든 일을 할 수 있습니다. 하지만 기사가 부

상을 입었다고 문관이 되는 일은 없습니다. 기사로 있으며 기사단의 서류 업무를 보게 됩니다.

Q 에렌페스트 귀족 파벌에서 베로니카 파와 게오르기네 파의 관계는 어떻게 되었나요? 질베스타 파는 없나요?

A 베로니카는 어머니 가브리엘레의 파벌을 그대로 이어받았습니다. 영주와 결혼하게 되면서 많은 수의 중립파가 가세했고, 게오르기네가 차기 영주 후보이던 무렵에는 베로니카 파+게오르기네 파+중립파를 합쳐 베로니카 파라고 불렸습니다. 질베스타가 세례를 받고, 게오르기네가 출가하고, 선대 영주가 높은 곳으로 오르고, 마인이 양녀로 들어오기 전까지의 질베스타의 측근들은 베로니카 파+선대 영주파의 일부+게오르기네 파+중립파가 합쳐진 것으로, 어머니가 주선한 사람들이기 때문에 해당 시점에서 귀족들의 인식은 베로니카 파가 곧 질베스타 파였습니다. 베로니카를 유폐하면서 동시에 초기부터의 베로니카 파 중 일부는 구속되었습니다. 그러다 게오르기네의 에렌페스트 방문에 선동되어 게오르기네 파와 베로니카 파의 일부가 빌프리트를 내세우려 암약했습니다. 그들은 반 질베스타 파랄까, 반 로제마인 파의 귀족들입니다. 현재의 질베스타 파는 선대 영주파의 일부와 베로니카 파의 일부로, 솔직히 말하자면 신뢰하기 어려운 부분이 많습니다.

Q 일크너에서는 소속된 귀족들이 잠시 떠났다가 돌아왔다고 합니다. 그들은 어디에 갔던 건가요? 아우브 아래로 소속되기는 어려울 것 같으니, 다른 기베에게 갔던 걸까요? 기베 소속 귀족들은 같은 영지 내라면 소속을 옮기기 쉬운 건가요?

A 다른 기베에게 갔습니다. 에렌페스트 내라면 소속을 옮기기가 비교적 쉽습니다. 대가 바뀌면서 파벌이 바뀌는 경우도 많기 때문에, 귀족들은 보신을 위해서라도 기베와 안 맞는 경우에는 쉽사리 사임합니다.

Q 질베스타가 태어나지 않았거나 여자아이였다면 영주 일족으로 자랐던 칼스테드가 게오르기네와 결혼해 영주의 남편이 되거나 자신이 영주가 되는 일도 가능했을까요?

A 네. 그런 경우라면 게오르기네가 차기 영주 교육을 받지 않고 칼스테드가 영주가 되며, 게오르기네는 첫째 부인이 되었을 겁니다. 라이제강 파와 구 베로니카 파는 둘째 부인을 어디에서 들이는가의 문제로 나름 대립했겠지만 비교적 평화롭게 에렌페스트의 정세가 정리되었을 것이라고 생각합니다. 다만, 정변에 중립을 계속 유지할 수 없었을 테고, 아우브의 유일한 아들이 되었을 페르디난드의 입지 문제가 있으며, 페르디난드의 아군이 지금보다 없었을 테고, 마인이 로제마인이 되는 일도 없었을 겁니다.

Q 팬북 2권에서 유스톡스의 전 부인은 베로니카 파벌의 아가씨였고, 유스톡스는 페르디난드에게 폐가 될까 봐 이혼했다고 나왔습니다. 페르디난드는 "유스톡스가 이혼하지 않았더라면 로제마인을 양녀로 보내고 싶었다."고 했는데요, 베로니카 파 여성을 어머니로 해서 입양시킬 생각이었던 건가요?

A 페르디난드에게 유스톡스는 비밀을 지키거나 정보를 공유하기 쉽다는 의미입니다. '유스톡스가 가정을 꾸리고 있었다면 별 생각 없이 맡겼을 것이다'는 느낌이죠. 이미 이혼해서 전제 성립 자체가 불가능하다는 것을 알기에 파벌을 고려하고 한 말이 아닙니다.

Q 마력의 그릇으로써는 체격이 좋은 편이 나은 거 같은데요. 비만이냐 말랐느냐, 거유인가 빈유인가에 따라서도 달라질 수 있는 걸까요?

A 어린아이인 로제마인보다 더 성장해 성인이 된 로제마인의 그릇이 커지는 것일 뿐, 체격은 특별히 관계가 없습니다. 체격보다는 마력압축 쪽이 훨씬 관계가 있습니다.

Q 카시크와 요나사라가 한 짓은 상당히 부도덕하다고 생각하는데요, 구 베로니카 파의 권력 탈취같은 뒷받침이 없는 상황에서 그런 짓을 한다면 인간관계에 상당한 악영향이 있을 거라고 생각합니다만, 그런 일들은 어떻게 해결하고 있나요? 알려진 이상 영향은 있을 거라고 생각하는데요.

A 콘라트가 가장 피해를 입고 있지만, 세례식 전이면 인원수에 들지 않으니 공식적인 문제는 아닙니다. 필린느를 살해해 가독을 빼앗는다는 범죄를 저지르지 않는 한에는 필린느의 외가로부터 따돌림당해 고립되고, 로제마인에게 눈총을 받아 주류로부터 소외될 뿐입니다. 구 베로니카 파 외에는 받아 주는 파벌이 없을 것입니다.

Q 시종에게도 시종이 있다는 것은 소설에서 읽어 알지만, 시종의 시종은 자신의 신변을 어떻게 처리하고 있나요? 귀족의 시종이 귀족이라면 그 사람도 다시 시종을 두고, 그렇게 시종이 끝없이 죽 늘어선다던가…. 히익.

A 귀족 시종을 둘 수 있는 사람은 영주 일족, 상급귀족, 기베, 중급귀족의 일부 정도입니다. 한 명 한 명에게 전속 시종을 두는 사람은 상급귀족 정도로, 다른 귀족들의 경우에는 귀족으로 인정받지 못한 친족이 시종 업무를 맡고 있습니다. 하급귀족 집안이라면 귀족 시종을 드는 일은 드뭅니다.

Q 영주후보생이 될 수 있는 사람은 현직 아우브의 자식(친자와 양자)뿐인가요? 현직 아우브의 손자녀, 은퇴한 전 아우브의 미성년 아이들도 포함되나요?

A 영지의 사정과 시대에 따라 달라집니다. 영주 일족의 아이는 영주의 아이가 아니라도 영주가 인정하면 영주후보생이 될 수 있습니다. 칼스테드가 일정기간 영주후보생이었던 것처럼 말이죠.

Q 차기 아우브로 꼽히고 있는 영주후보생 외의 영주후보생도 영지 경영이나 제왕학을 배우나요(남녀를 막론하고)?

A 다른 영지에 데릴사위로 가거나 시집가기 때문에 영지 경영에 대해서도 다소는 배웁니다. 하지만 차기 영주는 학습량이 매우 다릅니다.

Q 영주 일족 외의 귀족도 호위기사를 고용하나요?

A 아닙니다. 영주 일족과 기베 외에는 호위기사가 없습니다. 멀리 출타할 경우 개인적으로 호위를 고용할 수 있습니다.

Q 영주후보생인 자녀가 상급귀족이 되는 경우 가문명을 어떻게 결정하나요?
A 새로 일가를 만드는 일이기 때문에 영주가 결정합니다.

Q 귀족의 묘소는 평민과 마찬가지로 공동묘지인가요? 아니면 각 집안별로 두는 건가요?
A 장례식 때 청색 신관이 마석을 꺼내면 유체는 소멸합니다. 무덤에 묻는 것은 망자의 일용품과 마석입니다. 마석은 사용하는 경우도 있습니다.

Q 전이진에서 짐을 나를 때 등장하는 일꾼의 신분은 무엇인가요?
A 평민입니다. 그중에는 귀족 집안에서 태어났지만 귀족의 세례식을 받지 않은 사람도 있습니다. 그런 사람들은 자신이 태어난 가문에 묶여 살아가지만 의식주는 보장됩니다.

Q 로제마인이 상인에게 귀족원을 설명하는 장면에서 길드장이 클라센부르크라는 말에 반응했어요. 상인들은 로제마인에게 배우지 않고도 영지 순위를 알 수 있는 수단이 있는 건가요? 그리고 순위를 인식하면서 행동하는 건가요?
A 정보를 바로 입수할 수 있지는 않지만, 순위가 오른 경우에는 가게 단골로부터 '올해는 몇 위니까 그에 걸맞는 물건을 부탁하네' 라는 말을 듣습니다. 또한 1위 영지의 상인은 출신지의 위세를 업고 언동을 취합니다. 여러 영지를 돌아다니는 행상인이라면 상세히 알고 있으며, 그들로부터 정보를 사들이기도 합니다. 순위는 아랫사람일수록 민감한 법입니다. 당연히 인식하고 행동합니다.

Q 귀족원 학생의 시종이 숙부나 숙모처럼 친척인 경우가 보통인 듯한데요, 현대의 감각으로는 친척이 손아랫뻘의 아이를 섬기는 모습에 위화감이 들어요. 귀족에게는 자신이 손윗뻘 친척이라는 것보다 역할을 수행해야 한다는 느낌이 강한 건가요?
A 그런 직업이고, 급료를 받는 일이니까요. 친척이라면 융통성이 있고, 각자 자신의 아이가 어렸을 때 부탁하는 입장이라 피장파장입니다. 아무래도 싫다면 거절하면 끝입니다.

Q 아이용 마술구는 몇 살 무렵까지 착용하나요? 필린느가 귀족원에 입학한 뒤에 콘라트가 마술구를 빼앗겼다고 했는데, 그러면 필린느의 마술구는 어떻게 되었나요?
A 필린느의 마술구는 여전히 필린느가 쓰고 있습니다. 갑자기 감정의 폭이 흔들려 마력이 폭주하게 되면 곤란하니까 귀족은 기본적으로 죽을 때까지 쓰게 됩니다.

Q 콘라트의 마술구에 사용한 '어머니의 마석'이라는 건 돌아가신 모친으로부터 나온 마석이라는 이야기인가요? 그 마석으로 만든 마술구라면 마술구 자체의 제작에 어머니의 시신에서 나온 마석을 사용했다는 말인가요?
A 그렇습니다. 귀족의 마력을 받아들일 만한 용량이 필요하니까 귀족이 되지 못한 친족의 마석은 사용할 수 없고, 마술구에 쓸 만한 고인의 마석은 좀처럼 구하기 힘듭니다. 그리고

상급귀족 이상의 마력이 없다면 만들기도 힘듭니다.

Q <필린느의 가정사정>편에서 페르디난드가 길드 카드와 비슷한 카드를 썼다고 나오는데, 그 외의 귀족 간 결제에서는 나오지 않는 것 같아요. 미성년자는 사용할 수 없어서 로제마인의 시야에서는 들어오지 않는 사정 때문인가요?
A 맞습니다. 미성년자는 카드를 사용할 수 없어서 로제마인에게는 사용하는 모습이 보이지 않습니다. 평민의 카드와도 달라서 성에서 책을 사는 데는 현금으로 결제합니다. 하지만, 다무엘이 신전에서 일하고 페르디난드에게 받는 급료는 카드를 통해 지급받고 있습니다.

Q 두 계약 마술이 상반되는 내용이라면 계약 체결이 불가능하다는 제약이 있나요?
A 두 계약 마술이 충돌할 경우에는 뒤에 맺은 계약서가 불타지 않습니다.

Q 계약 마술과 이름을 바치는 마술이 충돌할 경우에는 어떻게 되나요?
A 충돌한다는 걸 알면서도 계약하는 사람이 죽으리라고 생각합니다.

Q 천에 자수를 놓으면 뒷면이 지저분해지는데요…. 천 앞뒤에 표면 무늬만이 나타나도록 하는 마술을 쓴 자수만 마술 효과가 발생하나요?
A 떠올린 스티치가 다를 수도 있습니다. 마법진 부분은 아우트라인 스티치와 새틴 스티치로 수를 놓습니다. 그러면 앞면이나 뒷면이나 거의 같은 모양이 되리라 생각합니다. 눈속임용 자수라면 다양한 스티치 기법을 사용해 수를 놓으니 뒷면이 지저분할 수도 있습니다.

Q 반지에 달린 마석의 귀색에 따른 효과의 차이가 있나요? 태어난 계절과 반지의 귀색이 맞지 않는 경우라도 마력을 사용하는 데 지장이 없나요?
A 마석의 귀색에 따라 다루기 쉬운 속성이 달라집니다. 태어난 계절의 속성은 누구나 기본적으로 가지고 있기에 아직 마력을 의식적으로 다룬 적이 없는 아이에게 주기에 가장 무난한 마석입니다.

Q 로제마인은 유레베에서 깨어났지만 마력이 완전히 녹지 않았는데, 다시 유레베를 만들 계획이 없는 건 어째서인가요?
A 이전과 달리 측근이 늘어나면서 몰래 소재를 채집하러 나가기가 어려워졌기 때문입니다. 좀 더 성장하면 강의를 통해 배우게 되니 측근들과 함께 귀족원(중앙)에서 고품질의 재료를 채집하게 하면 된다고 생각합니다.

Q 세척 마술처럼 일상에서 쓸 수 있는 마술은 또 뭐가 있나요? 주문을 외워서 사용하는 마술로는 그외에 뭐가 있나요?
A 보유한 속성에 따라 잘하느냐 못하느냐의 차이가 크기 때문에 편리하다고 하긴 어렵습니다. 속성이 부족하다고 해서 일상생활을 보낼 수 없다면 곤란하지요. 그래서 마력만 있으면 누구든 사용할 수 있는 마술구가 발전했습니다. 마술

구는 조금이나마 마력을 절약하도록 개량하고 있어서 보통 귀족에게는 주문을 외는 것보다 편합니다.

Q 부적에 대해 상세 질문을 드립니다. 부적은 한 번 발동하면 버리는 건가요? 재사용할 수 있다면 그 조건은 어떻게 되나요? 그리고 부적은 잔뜩 장비할 수 없는 건가요?
A 쓰고 버리는 물건인지 아닌지는 어떻게 만드는지에 달렸습니다. 여러 번 사용할 수 있는 것도 있지만, 보통은 마력을 채우지 않으면 여러 번 사용할 수 없습니다. 부적을 잔뜩 사용하는 일은 가능합니다. 로제마인은 페르디난드에게 여러 부적을 받아 사용하고 있습니다. 그렇지만, 마력을 즉시 충전하며 여러 번 사용할 수 있는 종류의 부적은 습격당하거나 전투를 벌이는 동안 계속 강제로 마력을 흡수합니다. 사용자의 마력량이나 닥친 상황에 따라서는 사용자를 위험에 빠트릴 수도 있습니다.

Q 칼스테드는 어떻게 해서 사람을 그리 믿지 못하던 페르디난드의 벗이 될 수 있었나요?
A 칼스테드는 처음으로 맞이한 동생에 흥분해 폭주하던 질베스타의 호위기사였기 때문에 질베스타에게 마구 휘둘리던 페르디난드를 철저하게 돌보고 있었습니다. 어릴적의 페르디난드는 질베스타보다 질베스타가 막나가지 않도록 하던 칼스테드를 더 신용할 정도였습니다.

Q 칼스테드의 셋째 부인 로제마리는 어떤 사람이었나요? 상급귀족이며 둘째 부인이던 트루델리데와 대립했다거나 친척이 질이 나빴다거나 하는 등 꽤 성깔이 있던 인물이었을 거 같은데요.
A 예상대로 상대에 따라 태도를 바꾸는 소악마 타입의 어리광쟁이였습니다. 아마 남자들에게는 호감을 샀겠지만 여자들에게는 엄청 미움받았을 타입입니다.

Q 요나사라는 아이에게 마술구를 사 줬나요?
A 아직 사지 못했습니다. 요나사라가 어떻게 해서든 자식을 귀족으로 살게 하려면 자기 마술구를 아이에게 넘기고 자신의 마력이 너무 넘치기 전에 가문의 마술구에 마력을 공급하며 하인처럼 사는 선택지가 있긴 합니다. 귀족으로 마력 압축을 해 왔고 마력량이 계속 늘어나기에 오래 살 수는 없겠지만요. 만약 요나사라가 콘라트가 아니라 자신을 희생했더라면 필린느는 새어머니의 애정을 칭송하며 열심히 이 복동생을 비호했을 겁니다.

Q 필린느 남매가 실질적으로 가문의 계승권을 버린 셈이라 필린느의 집안은 현재 정당한 당주가 없다고 이해했는데요, 당주의 등록을 요나사라가 바꿀 수 있나요? 아니면 카시크가 전 가주의 배우자 자격으로 계속 집안을 관리할 수 있나요?
A 자녀들이 미성년자였기에 아버지인 카시크가 당주 대리였습니다. 콘라트는 신전에 들어갔기에 완전히 권리를 포기한 셈이지만, 필린느는 로제마인의 비호하에 있을 뿐 여전히 귀족입니다. 성인이 된 필린느가 권리를 주장한다면 정당한 당주가 됩니다. 그때 권리를 포기한다면 카시크가 집안의

권리를 완전히 얻을 수 있습니다.

Q 필린느는 아버지와 절연한 상태인데 성에서의 시종 문제나 내년 이후의 귀족원에서 필요한 시종은 어떻게 구하나요?
A 필린느를 후원하는 로제마인이 준비해 줍니다. 필린느가 부탁한다면 친척인 이스베르가에게 의뢰하게 됩니다. 이스베르가는 카시크가 의뢰하는 것보다는 로제마인이 의뢰하는 것을 더 기뻐할 거라고 생각합니다.

Q 필린느의 어머니가 돌아가시지 않았다면 콘라트의 마술구는 어떻게 되었을까요?
A 한동안은 집의 마술구에 마력을 쏟으며 돈을 모아서 선조의 마석을 사용해 새로 마술구를 만들었을 거라고 생각합니다. 선조의 마석은 집주인 이외에는 접근할 수 없는 곳에 있기 때문에 정식 주인이 아닌 카시크는 손댈 수 없으며, 필린느가 성인이 되면 상속받을 수 있습니다.

Q 구드룬은 유스톡스가 여장을 할 때 자기 이름을 사칭한다는 사실을 알고 있나요?
A 유스톡스가 변장할 때 사용하는 이름은 여러 개가 있고, 구드룬이라는 이름을 사용하는 경우도 있음을 알고 있습니다. 대신 구드룬은 유스톡스가 모아 온 정보를 자세히 분석해서 자신의 주인에게 넘깁니다. 서로 돕는 관계죠.

Q 진짜 구드룬은 유스톡스의 여장을 어떻게 생각하고 있나요?
A 자신에게 골칫거리가 생기지 않는 선에서 해 주면 좋겠다, 정도로 생각합니다.

Q 로제마인은 문관을 육성하겠다고 큰소리쳤는데요, 실제로 어떤 기술자가 몇 명이나 필요하고 교육 실습 기간은 어느 정도 잡아야 하는지까지 로제마인은 생각하고 있나요?
A 기술자는 평민이기 때문에 논외고, 문관은 성에서의 도서 판매 대행, 에렌페스트의 평민촌이나 각 기베령에 있는 인쇄협회와의 연락책, 사업의 흐름을 파악해서 타령에서 새로 사업을 추진할 때의 컨트롤 타워 등 지금까지 자신이 해 왔던 일을 나눠 맡을 수 있는 사람을 육성한다는 느낌입니다. 사람이 얼마나 필요할지는 사업을 얼마나 확장할지에 달렸고, 실습 기간은 2년 정도일까 싶습니다. 회색 신관들을 육성했던 때처럼 직무를 배정해 나가려 합니다.

Q 4부 3권에서 장의자에 비유되었던 페르디난드는 어떤 점이 불만이었던 건가요?
A 나름대로 공들여 돌보고 있는데도 로제마인이 불만투성이였기 때문입니다.

Q 신관장이 태어난 계절은 '봄'이라고만 이야기되었는데, 정확한 계절은 모르는 건가요? 어떤 속성의 마력을 더 쉽게 사용할 수 있는지를 확인해 태어난 계절을 확정할 수가 없었나요?
A 신관장은 모든 속성이 상당히 고르게 분포된 전속성이라 마력 속성에 따라 태어난 계절을 판별하기가 어렵습니다.

Q 신관장의 비밀의 방은 어째서 출입 제한 기준이 마력량인가요? 개인별 비밀의 방은 개인 등록을 통해 출입을 결정할 수 있는 것 같던데, 마력량으로 기준을 둔 데에는 특별한 의도가 있나요?

A 개인 등록만 한다면 방 주인이 죽은 뒤 고인의 마석을 사용해 다른 사람들도 문을 열 수 있습니다. 그러나 마력량 제한도 있다면 마석만으로는 들어갈 수 없기 때문입니다.

Q 말하는 마검 슈팅루크에 대한 귀족원의 반응은 어떠했나요? 선생님들은 페르디난드의 목소리라고 알아차렸나요?

A 안게리카는 훈련과 마검 육성에 마력을 사용하기에 귀족원에서는 그다지 슈팅루크가 말하도록 두지 않습니다. 기본적으로는 개인실에서 홀로 그날의 훈련에 대한 반성회를 열 때뿐입니다. 아마 들은 사람이 있더라도 '복화술을 하는 특이한 아이'라고 생각할 겁니다.

Q 첫 만남에서 하르트무트가 어머니의 이름을 말하지 않은 이유는 무엇인가요? 나중에 어필할 생각이었을까요?

A 인사를 나눌 때는 가장의 이름을 대는 법이라 하르트무트는 귀족 사회의 예절대로 인사했을 뿐입니다. 설마 로제마인이 플로렌치아의 측근이자 로제마인의 시종 오틸리에의 남편인 레베레히트의 이름을 '어, 그니까 라이제강 파 친족 명부에서 본 이름인 거 같네. 잘 모르겠지만' 정도밖에 모르리라고는 상상하지 못했습니다. 덕분에 먼저 인사를 한 뒤 측근의 자식임을 어필하려던 계획이 아쉽게도 엉망진창이 되어버렸습니다.

Q 질베스타가 귀족원 재학 시절 대려갔던 측근은 누구인가요?

A 빌프리트의 최측근인 오스발트의 아버지입니다만, 이미 고인입니다.

Q 오스발트는 어느 정도로 우수한가요? 빌프리트의 폐적 리스크를 회피한 직후에 했던 말로 미루어 보면 그리 우수하다고는 보기 어려운데요.

A 베로니카에게 있어서는 명령을 거스르지 않는 충실하고 매우 우수한 측근이었습니다.

Q 귀족원에서 빌프리트는 타령의 영주후보생과 비교할 때 얼마나 우수한가요? 우수상을 탄 것으로 보아 꽤 우수한 축에 든다고는 추측할 수 있지만, 아무래도 본편에서는 로제마인에 가려지는 인상을 지울 수 없는데요.

A 아직 1학년이니까 장래는 알 수 없습니다. 또한 영주후보생 정도 되면 우수자도 그리 신기할 것은 없습니다. 귀족원에 오기 전에 예습을 열심히 했다고 생각합니다. 상위 영지와 비슷한 성적을 거두다니, 대견하네. 정도의 느낌입니다.

Q 빌프리트와의 약혼에 대해 보호자들은 마력차를 어떻게 파악하고 있는지 알고 싶어요.

A 최우선 과제는 유행을 선도하는 로제마인을 다른 영지에 내보이지 않는 것입니다. 페르디난드는 '평민이 죽을 힘을 다해 늘린 마력량이니까 영주 일족인 빌프리트라면 로제마인보다는 쉽게 늘릴 수 있을 것이다. 마력 압축 방법을 가르치고 약혼을 허가한 이상 그 정도의 노력은 당연하지 않은가'라는 생각이고, 칼스테드와 질베스타는 '두 사람의 마력량이 맞지 않는다면 빌프리트와 마력량이 걸맞는 둘째 부인을 들이면 된다'고 생각하고 있습니다.

Q 리카르다는 베로니카나 게오르기네를 섬긴 적도 있는데요, 총명한 리카르다도 알아채지 못할 정도로 페르디난드나 질베스타에 대한 그녀들의 학대가 교묘했던 건가요?

A 리카르다는 어느 정도 알고 있습니다. 그렇지만 영주후보생이 차기 영주가 되기 위해서는 경쟁자를 배제하고 억누르는 능력도 필요하니 간섭하지 말라는 명령을 베로니카에게 받았습니다. 지나치게 가혹하다고 느꼈을 때는 선대 영주에게 사태를 보고하고 승인을 얻은 뒤 도움을 주었습니다.

Q 정변이 일어나기 전에 플로렌치아와 현 아우브 프뢰벨타크의 지위는 어느 정도였나요?

A 영주의 셋째 부인의 자녀들로, 나이로 봐도 차기 영주 자리와는 멀었습니다. 첫째 부인의 손주들이 남매의 동년배였습니다.

Q 보니파티우스, 질베스타, 플로렌치아, 게오르기네의 우수자 표창 횟수 등 귀족원 성적은 어땠나요?

A 보니파티우스는 영주후보생 과정의 성적은 보통이었습니다. 대신 기사 과정 강의를 많이 들었고 그쪽에 주력했습니다. 질베스타는 고학년일 때 두 번 우수자 표창을 받았습니다. 플로렌치아에게 멋진 모습을 보이려 노력한 덕분입니다. 플로렌치아는 셋째 부인의 자녀였기에 남들의 눈에 띄어 불필요하게 질투를 사지 않도록 우수자에 조금 못 미치는 성적이 되도록 자신이 조절했습니다. 게오르기네는 차기 영주로 교육받던 시절에는 우수자였습니다만, 후보에서 제외된 후에는 영주후보생 과정은 적당히 수강하고 대신 문관 과정 강의를 듣기 위해 시간을 안배하고 있었습니다.

Q 전 청색 무녀였던 크리스티네는 어느 파벌 소속인가요? 로제마인과 관계가 없는 점을 고려하면 베로니카 파일까요? 그렇지만 베로니카 파는 중급 귀족이 중심이었을 텐데요. 상급 귀족인 만큼 엘비라 파에 소속되어 있나요?

A 베로니카 파입니다. 베로니카 파는 중급 귀족이 중심이었을 뿐이지 상급 귀족이 전혀 없지는 않습니다. 크리스티네가 귀족 사회로 복귀했을 무렵은 베로니카 파의 전성기였고, 상급 귀족들이 차례대로 베로니카에게 무릎을 꿇던 시절입니다. 애첩의 딸인 크리스티네는 베로니카 파의 귀족에게 시집보내기 위해 귀족 사회로 돌아온 것입니다.

Q 크리스티네의 뒷이야기가 없는데, 어떻게 지내고 있나요? 적대 파벌이라 숙청당했는지, 아니면 엑스트라로 조용히 살고 있는지, 그도 아니라면 다른 영지로 시집가거나 중앙에 악사로 취직했는지 후일담이 궁금하네요.

A 아직 숙청되지 않았습니다. 구 베로니카 파의 엑스트라로 조용히 살고 있습니다.

Q 로지나는 귀족원에서 어떤 일과를 보내고 있나요? 연습 시간과 다과회 시간은 알고 있지만, 그 외의 시간에는 1층에서 지내는지 아니면 방 구석에서 배경음악을 연주하고 있는지 알고 싶어요.

A 식사 시간에는 식당에서 악기를 연주하고 있습니다. 그게 기숙사에 머무르는 악사의 일입니다. 그 외에는 주로 의뢰를 받아 악기를 연주합니다. 로지나의 경우에는 1층의 자기 방에서 악보를 쓰고 있는 경우도 많습니다.

Q 4부 3권에서 프리츠가 길과 잠의 충성심에 대해 이야기한 적이 있는데, 프리츠가 볼 때 프랑의 충성은 누구를 향하고 있나요?

A 잠과는 달리 로제마인 개인에 대한 충성심도 갖고 있지만, 아직 신관장에 대한 충성심이 더 강하다는 느낌이 아닐까 싶습니다.

Q 2부 2권에서 페르디난드가 선물한 침구에 대해 당시의 신관장이 보낸 스파이였던 델리아는 당시의 신관장에게 보고했나요? 그리고 말도 안 되는 오해가 생겨났을까요?

A 보고는 올렸습니다. 하지만 엉뚱한 오해는 딱히 없었습니다. 사전에 페르디난드로부터 '견습 청색 무녀의 품위 유지에 필요한 비용을 마인이 신전에 기부한 돈에서 지출하겠습니다'라는 신청을 했기 때문입니다. 전 신전장은 '신전의 돈을 함부로 쓰지 마라! 마인이 자기 돈을 쓰거나 네 돈에서 대라!'고 부담을 전부 페르디난드에게 떠넘겼습니다.

Q 2부 4권 마지막에서 전속성 축복으로 페르디난드는 어떤 축복을 받았나요? 그 뒤의 글에서 다무엘과는 달리 축복의 효력을 받는 묘사가 없었기에 보충 설명을 부탁드립니다.

A 페르디난트는 바라는 것이 없었기에 눈에 띄는 형태의 축복은 아직 나오지 않았습니다. 그렇지만 언젠가 페르디난드가 신들에게 기원할 때 축복이 있을 것입니다.

Q 페르디난드가 졸업식에서 에스코트한 상대는 누구인가요? 설마 리카르다인가요?

A 병세가 위중했던 선대 에렌페스트 영주의 병문안을 왔던 영주 일족 여성에게 선대 영주가 페르디난드의 에스코트 상대역을 부탁했습니다. 리카르다랑 거의 동년배의 할머니입니다. 그녀는 베르케슈토크의 상급 귀족에게 시집갔다가 내전이 끝난 뒤 처형당했습니다.

Q 페르디난드는 영지 안팎의 평판이 매우 다른데요, 역시 당시의 학생들은 베로니카가 두려워서 아무런 보고도, 소문도 내지 않았나요?

A 영지 대항전 후에 표창장을 수여하기에 사람들은 페르디난드가 최우수상을 받았다는 것도, 1년 내내 귀족원에 머무르며 여러 코스를 수강한다는 것도 알고 있었습니다. 헨리크나 에크하르트처럼 집에서 페르디난드의 이야기를 하는 사람들도 있었습니다. 다만 페르디난드를 칭찬했다는 소문이 돌았다가는 베로니카가 무섭기 때문에 밖에서는 이야기를 꺼내지 않고, 조금이라도 헐뜯을 만한 거리가 있으면 베로

니카가 즐거워했기에 필연적으로 평가가 짤 수밖에 없었을 뿐입니다.

Q 페르디난드는 우라노가 몇 살에 죽었는지 알고 있나요? 우라노가 성인이 될 때까지 살았다는 것이야 알고 있겠지만, 유르겐슈미트와 일본의 성인 연령이 다르기에 사실은 우라노가 자신보다 연상일 거라고는 보지 않는 걸까 생각하고 있는데요.

A 몇 살에 죽었는지는 모르지만, 알더라도 딱히 상관없기에 일부러 물어볼 생각을 하지 않았습니다. 그리고 4부 시점에서는 우라노가 죽을 당시의 나이를 앞지르고 있기에 나중에 알더라도 자신보다 연상이라고는 생각하지 않을 것입니다. 향년 80세 정도라면 놀랄지도 모르겠지만.

Q 1학년 수료 시점의 로제마인과 성인이 된 에그란티느 중 누가 마력량이 더 많은가요?

A 에그란티느의 마력량이 더 많습니다.

Q 1학년 시점에서는 한넬로레가 딱히 부각되지 않는데, 그녀는 대영지 출신 영주후보생에 걸맞는 성적인가요?

A 대영지의 영주후보생다운 성적을 올리고 있습니다. 로제마인은 도서관에 틀어박히기 위해 제일 먼저 합격하는 것을 목표로 하고 있습니다만, 빨리 합격한다=성적이 좋다는 등식은 성립하지 않습니다. 가장 먼저 합격한 필린느보다 유디트가 성적이 우수한 것과 마찬가지입니다. 최종 시험 시점까지 자신의 최고점을 받으면 됩니다.

Q 솔랑쥬 선생님은 어느 영지 출신인가요? 그녀의 시종인 카트린은 하급귀족인가요? 그리고 둘은 기혼자일까요 아니면 독신일까요?

A 클라센부르크 출신입니다. 카트린은 하급귀족이 맞습니다. 둘 다 기혼자지만 사별했고, 카트린은 아이가 있지만 솔랑쥬는 없습니다.

Q 솔랑쥬 선생님은 로제마인이 실제로 작곡할 수 있다는 정보를 입수하셨나요?

A 직원 식당에서 소문이 나면 자연스레 정보가 입수됩니다.

Q 숙청당했다는 '염문이 퍼진 왕녀'와 귀족원 시절에 페르디난드를 초대한 왕녀는 같은 인물인가요?

A 숙청당한 왕녀는 한 명이 아니라 여러 명이었습니다. 그 중 두 명은 공저으로 자매지간이지만 '염문이 퍼진 왕녀'와 '페르디난드를 초대한 왕녀'는 다른 인물입니다.

Q 로제마인 공방과 고아의 교육으로 회색 신관의 가격은 올라가고 있지요? 귀족이 아닌 하인이 필요한 하급 귀족은 곤란에 처하지 않았을까요?

A 5년 정도 전까지는 신전의 부담을 덜기 위해 전 신전장이 회색 신관을 매우 싸게 팔았습니다. 하인이 필요해서 곤란에 처한 하급 귀족이 나오는 것은 이제부터입니다. 필린느의 본가처럼 더부살이 하인을 사기 어려워지면 회색 신관이 아니라 평민을 고용하게 될 것입니다.

Q 마인이 처음 고아원장에 취임했을 때 대청소 중에 발견했던 지하실은 어째서 널판지로 굳게 막아 두었나요? 뭔가 사건이 벌어져서 폐쇄한 걸까 생각했는데요.

A 옛날에는 임신하거나 아이를 낳은 여성과 세례를 받기 전의 아이들이 지하실에 살았기에 임산부나 아이가 떨어지면 위험하기에 막아 두었습니다. 사건이라면, 아이들이 숨진 현장이기는 합니다.

Q 귀족에게는 신전이 유곽 같은 느낌입니다만, 로제마인이 신전장이 된 뒤로도 회색 무녀가 꽃을 바치고 있었나요?

A 이전부터 청색 신관과 교류가 있는 귀족이 청색 신관에게 회색 무녀 시종을 빌리는 일은 있었습니다. 하지만 이제는 어린 신전장이나 신관장에게 매춘을 알선해 달라고 부탁할 수 있는 사람은 없습니다.

Q 귀족 독신 남성이 성욕을 발산할 수 있는 자리가 있나요? 신전 대신 자신의 집에서 일하는 평민 하인을 대상으로 한다든가?

A 신전에 갈 수 없다면 자신의 집에서 해결하던가, 그런 여성을 집에 두고 있는 친구에게 부탁하는 수밖에 없을 것입니다.

Q 상업 길드 3층에 비치되어 있는 귀족연감은 꽤 비쌀 것 같은데, 얼마인가요? 매년마다 발행되나요? 발행 주체는 누구인가요? 실린 내용은 어떤 느낌인가요? 누구를 어느 페이지에 배치할 것인가도 꽤 까다로울 것 같습니다. 연감을 통해 파벌에 대해서도 알 수 있나요?

A 발행하는 물품이 아니기에 가격은 매겨져 있지 않습니다. 상업 길드에 소속된 상인들이 업무 관계상 알게 된 정보를 교환하기 위해 제작합니다. 예를 들어 성결식을 위한 의상이나 일용품 거래가 있으면 '누구와 누구가 결혼하는 듯하다'라고 적고, 세례식 준비가 시작되면 '아이들이 늘어났다'고 기록을 보태는 느낌입니다.

Q 평민촌에서 마인과 친구들은 허브티를, 벤노는 색이 다른 커피같은 음료를 마셨다고 생각하는데요, 다과회가 잦은 귀족들의 음료는 홍차밖에 없나요?

A 홍차가 아닙니다. 허브티랄까, 아니면 중국차같은 것이랄까, 차도 여러 종류가 있습니다.

Q 이 세계에서 귀족과 평민의 평균 수명은 어느 정도인가요? 의학이 발달하지 않은 것 같지만 마술로 하는 치료는 굉장할 것 같아요. 그렇지만 후계를 꽤 이른 시점에서 결정하거나 선대 영주도 빨리 사망했기에 비교적 단명하는 듯한 이미지가 있어요. 전 신전장은 상당히 노인이었고 베로니카도 나이가 많다고 생각하긴 하지만요.

A 귀족은 63세 가량, 평민은 50세 가량입니다. 전 신전장은 오랫동안 건강을 생각하지 않고 살았기에 겉늙었을 뿐, 나이는 50세 전후였습니다.

Q 임신과 출산에서 부부의 마력량 균형이 중요한데, 속성도 중요한가요?

A 아이의 속성차와 범위에 영향이 있기에 귀족에게는 중요합니다.

Q 악기는 몇 가지 종류가 있나요? 지금까지 페슈필과 피리, 북이 등장했는데요, 다른 악기도 있나요?

A 피리도 여러 종류가 있고 북도 크기에 따라 용도가 다릅니다. 방울 같은 것도 있습니다만, 지금 이상으로 세세하게 적을 예정은 없습니다.

Q 작중에서 여러 번 '신식병'이 등장했는데요, 병사로 쓸 만한 나이대의 신식 환자는 어떻게 구하는지 궁금하네요.

A 신전에서 태어난 신식 아이, 귀족 집안에서 태어났지만 마술구가 없는 아이, 애첩에게서 태어났지만 자식으로 인지하지 않은 아이를 사들여 조달합니다.

Q 신식이 적당한 수준에서 마력을 발산할 수 있다면 수명도 평민과 같을까요? 아니면 마력량이 비슷한 귀족과 같은 수준의 수명일까요?

A 평민으로 산다면 평민과 비슷하고, 귀족으로 산다면 귀족과 비슷합니다. 마력만 제대로 발산할 수 있다면 중요한 건 영양 상태일 겁니다.

Q 게르다 할머니에게 마인을 맡긴 것으로 보아 삼촌이나 이모, 고모 등 다른 친척이 없는 듯한데요. 에파와 귄터는 외동인가요?

A 다른 친척들도 직업을 갖고 일하고 있습니다. 아이보기는 아이를 보는 일로 생계를 유지하는 사람의 직업입니다. 친척은 가까이에 살고 있습니다. 루츠네 집안도 촌수가 조금 멀긴 하지만 친척이라고 할 수 있는 사이입니다.

Q 마력과 수명은 어떤 관련이 있나요? 선대 영주는 일찍 사망한 듯한데, 마력의 과도한 방출이 수명에 뭔가 영향을 미치나요?

A 마력과 수명은 딱히 관계가 없습니다. 수명은 개인차입니다.

Q 한 해가 420일에 열두 달로 되어 있다고 하는데, 각 달마다 이름이 있나요?

A 없습니다. 다만 1월, 2월이라고 쓰면 아무래도 현재의 일본 달력과 계절 감각이 독자에게 연상될 것 같아 딱히 적지 않았습니다.

Q 한 해의 연도 구분은 어떤 계절에 이뤄지나요?

A 연도 구분이라니, 어려운 질문이군요. 귀족 세계에서는 영주회의를 기준으로 연도를 구분합니다. 하지만 평민에게는 봄의 시작이 한 해의 시작입니다. 그리고 귀족원의 학년은 초겨울부터 늦가을까지로 구분됩니다.

사랑의 블랙홀

애정 표현이 신흥 종교급인 신인류였습니다.

말하자면 사랑의 전사.

반짝

전회까지의 이야기

사랑의 전도사들이 새로 맞이한 동료는

좋아하는 걸 대하는 방법은 사람마다 다른걸요.

딱히 상관 없잖아요

그럼 로제마인 님께서 사랑하시는 '책'이란 건 어떤 존재인가요?

우주?!

번쩍

책은 우주!!

규모는 빅뱅

귀는 디폴트

그런가요?

안게리카랑 리젤레타는 자매니까 역시 닮았구나

슈밀이랑 닮았다는 이야기를 들은 적 있는데

소동물 이라 하면...

그러고 보니 나는 예전에

머릿속에 토끼 귀가 기본으로 장착돼 버렸습니다

경외돼요 최고예요 멋져요 대단해요

아뿔싸! 리젤레타의 눈빛이 변해 버렸어!

독자 메세지

카즈키 미야

결국 팬북마저도 페이지가 늘어나 버렸네요.
수록하고 싶은 내용이 너무 많았어요. 이 상태라면 다음 권도 나오겠어요.

시이나 유우

올해도 무사히 팬북 3권이 발간되었습니다.
이렇게 축제처럼 매년마다의 행사가 되어도 좋겠네요~.

스즈카

일러스트는 디자인해 두었지만 그릴 기회가 나지 않았던 지혜의 여신님입니다. 제2부의 코미컬라이즈도 잘 부탁드립니다!

나미노 료

처음 뵙겠습니다. 3부의 코미컬라이즈 담당을 맡게 되었습니다. 신분이 바뀌었어도 책에 일에 매진하는 로제마인 님을 그리고 있습니다. 재미있게 즐겨 주시면 감사하겠습니다.

책벌레의 하극상 오피셜 팬북 3

초판 1쇄 발행 2022년 10월 31일

저자 카즈키 미야
일러스트 원안 시이나 유우
만화 스즈카/나미노 료
협력 스즈키 토모야(TINAMI주식회사)

발행인 원종우
발행처 (주)블루픽

주소 (13814) 경기도 과천시 뒷골로 26, 2층
영업부 02-6447-9017 **편집부** 02-6447-9019 **팩스** 02-6447-9009
메일 edit@bluepic.kr **웹** vnovel.kr

ISBN 979-11-6769-023-4 06830

Honzukino Gekokujo Fanbook Vol.3
By TO BOOKS, Inc.
Copyright © 2018 by Miya Kazuki / You Shiina / Suzuka / Ryo Namino / TO BOOKS
First published in Japan in 2018 by TO BOOKS, Inc.
Korean translation rights arranged with TO BOOKS, Inc.
through Shinwon Agency Co.